Iris Murdoch
Das italienische Mädchen

Zu diesem Buch

Edmund kehrt erst zum Begräbnis seiner Mutter wieder in sein Elternhaus in Nordengland zurück. Hier trifft er auf seinen Bruder Otto, dessen Frau Isabel, ihre Tochter Flora. Auch das italienische Mädchen ist noch da, das ehemalige Kinderfräulein, selbst kaum älter als Edmund, das ihn und seinen Bruder von klein auf betreut hat. Auf Edmund, den prinzipienfesten Einzelgänger, haben alle gehofft wie auf einen Retter. Doch er findet sich bald in vielerlei Gefühlsverstrickungen gefangen, alten und neuen. Unter dem Ansturm der Gefühle bricht das wohlgeordnete, gesetzte Leben der herrschaftlichen Familie zusammen. Inmitten das italienische Mädchen, das alles beobachtet, noch mehr weiß und – schweigt. Eine literarische Tour de force voll jäher Wendungen und überraschender Einsichten von Iris Murdoch, der Großmeisterin des psychologischen Romans der Gegenwart.

Iris Murdoch, am 15. Juli 1919 in Dublin geboren, am 8. Februar 1999 in Oxford gestorben, war die unbestrittene Doyenne der britischen Gegenwartsliteratur. Auf deutsch erschienen zuletzt ihre Romane »Henry und Cato« (1998) und »Der schwarze Prinz« (1998).

Iris Murdoch
Das italienische Mädchen

Roman

Aus dem Englischen von
Stefanie Schaffer-de Vries

Piper München Zürich

Ungekürzte Taschenbuchausgabe
Piper Verlag GmbH, München
Oktober 1999

Titel der englischen Originalausgabe:
»The Italian Girl«, Chatto & Windus,
London 1964

Umschlag: Büro Hamburg,
Stefanie Oberbeck, Katrin Hoffmann
Foto Umschlagvorderseite: Günter Menzl
Foto Umschlagrückseite: Sophie Bassouls
Druck und Bindung: Clausen & Bosse, Leck
Printed in Germany ISBN 3-492-22935-2

Inhalt

Erster Teil

Zweiter Teil

Dritter Teil

Für Patsy und John Grigg

Erster Teil

1 Eine Mondscheingravur

Ich drückte sachte gegen die Tür. Früher war sie nachts nie verschlossen gewesen. Als ich mich davon überzeugt hatte, daß sie wirklich zugesperrt war, trat ich wieder hinaus ins Mondlicht und blickte zum Haus hinauf. Es war kaum Mitternacht, doch es brannte nirgendwo ein Licht. Sie waren alle im Bett und schliefen. Ich verspürte Bitterkeit gegen sie. Ich hatte mit einer Nachtwache gerechnet. Für sie, für mich.

Ich watete durch einen weichen Teppich von Kreuzkraut und kleinen Disteln, um es bei den Flügelfenstern an der Vorderseite zu versuchen, aber sie waren beide fest verriegelt, und von drinnen schlug mir noch tiefere Schwärze entgegen. Der Gedanke, in dieser Stille zu rufen oder Steine gegen die Fenster zu werfen, war mir zuwider. Aber ruhig im Mondlicht zu warten, ein einsamer, ausgeschlossener Mann, ein Eindringling, widerstrebte mir ebenso. Ich ging ein paar Schritte über den taufeuchten Boden, und mein Schatten, dünn und tiefblau, löste sich von den massigen Umrissen des Hauses und folgte mir verstohlen. Auch an der Querseite des Hauses war alles finster und von einem derart dichten Dschungel von jungen Eschen und Holundersträuchern zugewachsen, daß es unmöglich gewesen wäre, an ein Fenster heranzukommen, selbst wenn eines offen gestanden hätte. An der Höhe dieser üppig wuchernden, vernachlässigten Pflanzen konnte ich ermessen, wie lange es her sein mußte, daß ich zum letzten Mal im Norden gewesen war: wohl an die sechs Jahre.

Es war dumm von mir gewesen, ganz dumm, überhaupt zu kommen. Ich hätte früher kommen sollen, als sie krank war, früher, als sie nach mir verlangte und mir in ihren Briefen, die zu lesen ich aus Zorn und Schuldbewußtsein kaum ertrug, immer wieder schrieb: Komm, komm, komm. Wäre ich damals gekommen, hätte das im Licht der letzten abstrakten Achtung, die ich für sie empfand, Sinn gehabt: Immerhin war sie meine Mutter. Aber jetzt zu kommen, wo sie tot war, bloß zu kommen, um sie zu bestatten, mit diesen halb Fremden, meinem Bruder und meiner Schwägerin, vor ihrem Leichnam zu stehen, das war sinnlos, reine Selbstbestrafung.

Meinen eigenen Fußspuren im Tau folgend, ging ich über den Rasen zurück. Der umwölkte Mond hatte ein leuchtendes, durchscheinendes Geäst über den Himmel gebreitet und zeigte mir die Umrisse der großen Bäume rund ums Haus. Es war immer noch die mir vertrauteste Silhouette der Welt. Einen Augenblick fühlte ich mich versucht, zu gehen, es nochmals an der Tür zu versuchen und dann zu gehen, wie der geheimnisvolle Reisende in dem Gedicht: ›Sag ihnen, ich kam und keiner war da, mich zu empfangen.‹ Wieder fiel mein Blick auf die vertrauten Formen der Bäume, und die plötzliche Nähe meiner Kindheit ließ mich erschaudern. Das waren die alten Junigerüche, die Gerüche einer feuchten Mittsommernacht, die Geräusche vom Fluß und vom Wasserfall her. Eine Eule schrie, langsam, bedächtig, ein in konzentrischen Kreisen zerdehnter Laut. Auch daran erinnerte ich mich.

Der Gedanke, wieder zu gehen und alle schlafen zu lassen, stimmte mich für einen Augenblick fast euphorisch. Er hatte etwas von Rache an sich. Es würde heißen, sie für immer zu verlassen, denn wenn ich jetzt ginge, würde ich gewiß nie wiederkommen. Aber das würde ich nach diesem einen Mal wohl ohnehin nicht, was immer geschah. Daß meine Mutter hier lebte, war der Grund für mein Nichtkommen gewesen. Daß sie nun nicht mehr lebte, würde ein noch triftigerer Grund sein.

Ich mußte wohl eine Weile in trauriges Träumen versunken gewesen sein, als ich etwas bemerkte, was eine gespenstische Sekunde lang wie meine eigene Spiegelung aussah. Ich hatte mir mein Bild als dunkle Gestalt auf dieser silbrigen Weite so lebhaft vorgestellt, daß ich dachte, das könnte nur ich sein, als ich eine zweite solche Gestalt in das trübe Licht treten sah. Mir gruselte, zuerst dieser gespenstischen Eingebung wegen, und im nächsten Moment aus ganz normaler Angst vor diesem zweiten nächtlichen Eindringling. An den Umrissen der männlichen Gestalt erkannte ich sofort, daß es nicht mein Bruder Otto war. Wir sind beide sehr groß, Otto und ich, aber Otto ist größer, auch wenn er mit seinen gebeugten einsneunzig nicht größer wirkt als ich mit meinen aufrechten einsfünfundachtzig. Die Gestalt, die nun langsam auf mich zukam, war klein und schmal.

Ich bin nicht gerade ein Feigling, aber ich habe mich vor der Dunkelheit und den Dingen, die im Dunklen geschehen, immer gefürchtet. Und dieses Nachtlicht war schlimmer als Dunkelheit. Das Gefühl, daß ich den anderen auch ängstigte, machte mich nur noch beklommener. In stummem Schrecken bewegte ich mich langsam auf ihn zu, bis wir einander nahe genug waren, um ein Funkeln im Auge des anderen zu erkennen.

Eine leise Stimme sagte: »Ah, Sie müssen der Bruder sein.«

»Ja. Und wer sind Sie?«

»Ich bin der Lehrling Ihres Bruders. Mein Name ist David Levkin. Sie haben mir einen Augenblick angst gemacht. Sind Sie ausgesperrt?«

»Ja.« Es widerstrebte mir, ihm das zu sagen, und plötzlich erfüllte mich meine ganze alte Liebe für diesen Ort, mein alter Heimatsinn, mit Schmerz. Ich war ausgesperrt. Es war ungeheuerlich.

»Keine Sorge. Ich laß Sie rein. Die sind alle schon zu Bett.«

Er schritt über den Rasen auf den Schatten des Hauses zu, und ich folgte ihm. Das Mondlicht fiel in Streifen durch das dicht von Geißblatt überwucherte Gitter der Veranda und auf seine herumtastende Hand mit dem Schlüssel. Leise glitt die Tür auf und gab den Blick auf die dichte, wartende Finsternis des Hauses frei. Ich folgte dem Jungen aus dem Geißblattduft in die alte muffig-modrige Dunkelheit der Diele. Die Tür ging zu, er drehte ein Licht an, und wir betrachteten einander.

Jetzt fiel mir ein, daß meine Schwägerin Isabel, die Familienberichterstatterin, mir vor einiger Zeit etwas von einem neuen Lehrling geschrieben hatte. Ottos Lehrlinge waren eine traurige Geschichte und stets ein Stein des Anstoßes für meine Mutter gewesen. Unfehlbar hatte er sich mit größter Sorgfalt eine bemerkenswerte Reihe jugendlicher Übeltäter ausgesucht, einer schlimmer als der andere. Ich musterte den Jungen, konnte mich aber im Augenblick an nichts erinnern, was Isabel über ihn geschrieben hatte. Er mußte um die zwanzig sein. Er sah nicht aus wie ein Engländer. Er war schlank, hatte einen langen Hals, einen großen, vollippigen Mund und dichtes, sehr glattes braunes Haar. Seine Nase war breit, mit weiten, mißtrauischen Nüstern, und er betrachtete mich nun aus schmalen Augen, sehr skeptisch und mit geöffneten Lippen. Dann lächelte er, und während die Augen fast verschwanden, legten sich die Wangen in breite Willkommenskringel. »Also sind Sie doch gekommen.«

Die Ausdrucksweise konnte unverschämt sein oder bloß fremd. Ich konnte sein Gesicht nicht deutlich sehen. Meine Mutter, die mit Geld äußerst sparsam umgegangen war, hatte stets darauf bestanden, möglichst schwache Glühbirnen zu verwenden, und man konnte in ihrem Licht kaum mehr sehen als im Mondschein. Es war ein schwaches, schmutziges, irgendwie müdes Dämmerlicht. Ich wollte ihn loswerden und sagte: »Danke. Ich komme jetzt schon allein zurecht.«

»Ich schlafe nicht im Haus.« Er sagte es feierlich und jetzt mit einem deutlich fremden Akzent. »Sie wissen, wohin?«

»Ja, danke. Ich kann ja auch meinen Bruder wecken.«

»Er schläft jetzt auch nicht im Haus.«

Ich fühlte mich außerstande, das weiter zu besprechen. Ich war plötzlich schrecklich müde und kam mir schlecht behandelt vor. »Also dann gute Nacht, und danke, daß Sie mich reingelassen haben.«

»Gute Nacht.« Weg war er, verlor sich in dem blassen, diffusen gelben Licht, und die Tür ging zu. Ich drehte mich um und begann mit meinem Koffer langsam die Treppe hochzusteigen.

Oben blieb ich stehen, denn mir war, als übe die vertraute Zimmeranordnung im Haus eine magnetische Kraft auf meinen Körper aus: Ottos Zimmer, mein Zimmer, Vaters Zimmer, Mutters Zimmer. Ich wandte mich meinem Zimmer zu, wo man mir wohl ein Bett gerichtet hatte, und dann hielt ich inne. Ich hatte sie mir noch nicht wirklich tot vorgestellt. Ich hatte an die Reise hierher gedacht und an Fahrpläne, an die Einäscherung, die morgen stattfinden sollte, und daran, wie diese Zeremonie wohl ablaufen würde, an Otto, sogar an den Besitz, aber nicht an sie. Was ich über sie dachte, in bezug auf sie fühlte, gehörte in eine andere Zeitdimension, in die Zeit, bevor ihr widerfuhr, was immer ihr vor vierundzwanzig oder sechsunddreißig Stunden widerfahren war. Nun wurde mir mit einem Mal ihre Sterblichkeit bewußt, und es wurde unvermeidlich, daß ich ihr Zimmer betrat.

Das trübe elektrische Licht beleuchtete den großen Flur, die Eichentruhe und den Farn, der nie wuchs, aber auch nicht einging; den schönen, wenn auch völlig abgetretenen Shiraz-Teppich; das Bild, das wie ein Constable aussah, aber keiner war, und für das mein Vater bei einer Auktion einen Preis bezahlt hatte, den meine Mutter ihm nie verzieh; und die stillen geschlossenen Türen zu den Zimmern. Bevor das Gefühl von Übelkeit mich endgültig zu schwach dafür machen konnte, ging ich zur Tür meiner Mutter, öffnete sie rasch und drehte drinnen das Licht an.

Ich hatte nicht erwartet, daß ihr Gesicht unbedeckt sein würde. Ich schloß hinter mir die Tür und lehnte mich mit wild klopfendem Herzen dagegen. Da lag sie, ziemlich hoch auf Kissen gebettet, mit geschlossenen Augen und offenem Haar. Sie sah nicht aus, als schliefe sie, obwohl man schwer sagen konnte, woran genau das zu erkennen war. Ihr Gesicht war gelblichweiß und schmal, bereits eingefallen, vom Leben abgefallen, es wirkte insgesamt kleiner. Aber ihr langes Haar, das einmal die Farbe von Bronze gehabt hatte und nun dunkelbraun und von grauen Streifen durchzogen war, sah immer noch lebendig aus, als hätte die schreckliche Neuigkeit es noch nicht erreicht. Es schien sich sogar ein wenig zu bewegen, als ich eintrat, vielleicht in einem leichten Luftzug von der Tür her. Ihr totes Gesicht trug einen Ausdruck, den ich auch im Leben darauf gesehen hatte, den Ausdruck einer Art sanften Verrücktheit, wie ein Heiliger Antonius von Grünewald, einen Ausdruck von verzücktem Wahnsinn und Leid.

Der Name meiner Mutter war Lydia, und sie hatte stets darauf bestanden, daß wir sie so nannten. Meinem Vater hatte das nicht gefallen, aber er widersetzte sich ihr weder in dieser noch sonst einer Hinsicht. Meine Mutter hatte sich früh von ihrem Mann abgewandt und ihre Zuneigung mit habsüchtiger Heftigkeit auf ihre Söhne gerichtet, mit denen sie sozusagen eine Reihe von Liebesaffären hatte, bei denen einmal der eine, dann der andere im Mittelpunkt ihrer Zuneigung stand, wodurch unsere Kindheit zu einem Wechselbad von rasender Eifersucht und einem Gefühl des Erstickens wurde. In meinen ersten Erinnerungen war sie in Otto verliebt, der zwei Jahre älter ist als ich. Mit sechs Jahren war ich das Objekt ihrer leidenschaftlichen Liebe, dann wieder mit zehn, und in meinen letzten Schuljahren noch einmal; und vielleicht liebte sie mich auch noch später, und am heftigsten, als sie spürte, wie ich ihrem Zugriff entglitt. Erst als ihr schließlich klar wurde, daß ich entkommen, daß ich fortgelaufen war und nicht zurückkommen würde, richtete sie ihre Gefühle auf ihre letzte Liebe, ihre Enkelin Flora, Ottos und Isabels einziges Kind. Oft sagte sie, daß außer ihr keiner das Kind im Zaum halten könne. Und so war es auch; Lydia hatte dafür gesorgt, daß es so war.

Sie war eine kleine Frau. Als wir auf die Kunstakademie gingen, war sie so stolz auf ihre großen, talentierten Söhne gewesen. Ich erinnere mich noch, wie sie zwischen uns auf und ab schritt und mit einem stolzen, besitzergreifenden Lächeln abwechselnd zu uns hinauflugte, während wir vor uns hinstarrten und so taten, als bemerkten wir es nicht. In gewisser Weise war sie ein großer Geist; diese ganze Kraft mit einem Hang zum Herrischen wäre dazu angetan gewesen, ein beachtliches Imperium aufzubauen. Sie hatte nichts Künstlerisches in sich. Aber zugleich war sie eine schüchterne Frau, überzeugt von der Feindseligkeit der Welt und unfähig, eine Hotelhalle zu durchqueren, ohne sich einzubilden, daß alle sie anstarrten und schlecht über sie redeten.

Isabel hatte ihr nur wenig Widerstand entgegengesetzt. Sie verlor Otto fast sofort und zog sich in eine traurige, sarkastische Unnahbarkeit zurück. Es war fast das letzte ernsthafte Gespräch, das ich mit meinem Bruder führte, als ich ihn, viele Jahre ist das nun her, bei seiner Heirat beschwor, sich von Lydia zu lösen. Ich sehe noch den gelähmten Ausdruck, mit dem er mir sagte, daß das unmöglich sei. Kurz danach reiste ich selber ab. Vielleicht war es Lydias Rücksichtslosigkeit gegenüber Isabel, die mir den Rest gab und schließlich den puren Haß auf meine Mutter in mir auslöste, der für meine Flucht nötig war. Dennoch vernichtete Lydia Isabel nicht: Auf ihre Weise war auch Isabel stark, auch sie ein zerstörter Mensch, aber stark.

Es war kaum zu glauben, daß diese ganze Kraft plötzlich zu sein aufgehört hatte, daß die Maschine nicht mehr funktionierte. Mein Vater war fast unbemerkt von uns gegangen, wir glaubten an seinen Tod, lange bevor er eintrat. Dennoch war mein Vater kein unbedeutender Niemand gewesen. Als er der junge und berühmte John Narraway war, Narraway, der Sozialist, der

Freidenker, der Künstler, der Kunsthandwerker, der Heilige, der Verfechter des einfachen Lebens, der Erlöser der Geschundenen, mußte er meine Mutter beeindruckt haben, er mußte in der Tat eine eindrucksvolle Persönlichkeit gewesen sein, ein talentierter und vielleicht ein feiner Mensch. Trotzdem sind meine frühen Erinnerungen nicht Erinnerungen an meinen Vater, sondern an meine Mutter, die eines Tages zu uns sagte: Euer Vater ist nichts wert, er ist weiter nichts als ein schüchterner Mann mit weltfremden Neigungen. Wir verspürten eine leise Verachtung für ihn, und später Mitleid. Er schlug uns nie. Das tat Lydia. Er vererbte uns nur, bis zu einem gewissen Grad, seine Begabungen. Er war Bildhauer, Maler, Graveur und Steinmetz. Er hinterließ uns, zwei weniger bedeutende Männer, Otto, den Steinmetz, und mich, Edmund, den Graveur.

Ich sah dem, was vor mir lag, mit einem Grauen entgegen, das weder Liebe, noch Mitleid, noch Trauer war, sondern eher so etwas wie Angst. Natürlich war ich Lydia nie wirklich entkommen. Lydia hatte sich in mir eingenistet, in den Tiefen meines Seins, es gab keinen Abgrund, keinen dunklen Winkel, wo sie nicht war. Sie war meine Selbstverachtung. Zu sagen, daß ich sie dafür haßte, war ein schwacher Ausdruck: Verstehen kann das nur, wer selbst erlebt hat, was es heißt, von einem anderen besessen zu werden. Und nun trug der seltsame Gedanke, daß ich sie überlebt hatte, nichts dazu bei, mein Selbstgefühl zu heben, ich fühlte mich eher verstümmelt und sterblich in ihrer Gegenwart, als könnte ihre Kraft, von *dort* ausgeübt, mich sogar jetzt noch vernichten. Fasziniert betrachtete ich das lebendige, immer noch glänzende Haar, und das weiße, schon eingefallene Gesicht. Ich verließ das Zimmer und drehte das Licht ab, und es kam mir sehr merkwürdig vor, sie dort im Finsteren zurückzulassen.

Leise ging ich durch den Flur zu meiner Tür. Um mich herum knarrte das Haus wie zum Zeichen des Erkennens, die Begrüßung eines primitiven Hausgeistes, unartikuliert wie die eines Hundes. Ich dachte nicht mehr daran, Otto zu wecken. Von den verschlossenen Türen ging eine betäubende Schläfrigkeit aus; und ich wollte selbst nichts als schlafen, wie um mit diesem todesähnlichen Zustand den zornigen besiegten Geist zu besänftigen. Ich erreichte meine Tür und öffnete sie weit, dann blieb ich wie angewurzelt stehen. Der Mond schien hell auf mein Bett und beleuchtete die Umrisse eines jungen Mädchens mit langem, schimmerndem Haar.

Einen Augenblick kam es mir wie eine Halluzination vor, etwas Leeres und unvollständig Wahrgenommenes, ein Trugbild, heraufbeschworen von einem müden oder verängstigten Geist. Dann regte sich die Gestalt, drehte sich herum, und das leuchtende Haar fiel auf eine fast nackte Schulter. Ich wich zurück und schloß mit dem erschrockenen Gefühl, etwas Unrechtes getan zu haben, die Tür. Das war ein Bannzauber, der zuviel für mich war. Wie ein in die Flucht geschlagener böser Geist stolperte ich gleich darauf die Treppe hinunter.

Eine Frauenstimme über mir sagte leise meinen Namen. Ich blieb stehen und blickte hinauf. Ein Gesicht schaute mir über das Treppengeländer entgegen, ein Gesicht, das mir irgendwie dunkel bekannt vorkam. Dann wurde mir klar, daß es nur mein altes Kindermädchen war, das italienische Mädchen. Wir hatten von frühester Kindheit an eine Reihe italienischer Kindermädchen im Haus gehabt; ob sich das zufällig so ergab oder auf eine Vorliebe meiner Mutter zurückzuführen war, habe ich, soweit ich mich erinnern kann, nie ergründet. Eine Folge davon jedenfalls war, daß mein Bruder und ich, obwohl wir keine natürliche Begabung für Sprachen hatten, fließend Italienisch sprachen. Der Posten des Mädchens war in gewisser Weise eine Institution geworden, so daß ich sozusagen immer zwei Mütter gehabt hatte, meine eigene Mutter und das italienische Mädchen. Als ich nun zu dem bekannten Gesicht hinaufblickte, erfaßte mich ein kurzer Schwindel, und ich konnte einen Augenblick lang nicht erkennen, wessen Gesicht es war, während mir eine Reihe von Giulias, Gemmas, Vittorias und Carlottas durch den Kopf gingen und wie in einem Traum miteinander verschmolzen. »Maggie.«

Sie hieß Maria Magistretti, aber wir hatten sie immer Maggie genannt. Ich stieg die Treppe wieder hoch.

»Danke, Maggie. Ja, ich verstehe. Natürlich, Flora ist in meinem Zimmer. Du hast mich in Vaters altem Zimmer einquartiert? Ja, ist gut.«

Während ich flüsternd sprach, drückte sie die Tür zu meines Vaters Zimmer auf, und ich folgte ihr in den trüb beleuchteten Raum.

Ich hatte sie nie anders als in Schwarz gesehen. Da stand sie jetzt, eine kleine, dunkle Gestalt, die auf das schmale Bett zeigte, und ihr zu einem langen, lockeren Knoten geschlungenes schwarzes Haar hing ihr wie ein gewachster Zopf über den Rücken. Mit ihrem blassen, schwarz umrahmten Gesicht sah sie in der Feierlichkeit der Stunde wie eine diensthabende Nonne aus: Man erwartete, das Klimpern eines Rosenkranzes und ein gemurmeltes *Ave* zu hören. Sie wirkte alterslos auf mich, müde: das letzte der italienischen Mädchen, nach dem Erwachsenwerden ihrer beiden Schützlinge sozusagen sich selbst überlassen. Sie mußte, als sie kam, wenig älter gewesen sein als die beiden ihr anvertrauten Jungen. Aber irgendeine Laune des Schicksals hatte sie hier in diesem Haus im Norden bleiben lassen. Otto behauptete, er könne sich noch daran erinnern, wie er von Maggie im Kinderwagen geschoben wurde, aber das war sicher eine trügerische Erinnerung: irgendeine frühere Carlotta oder Vittoria, die mit ihrem Bild verschmolz. Tatsächlich waren sie in unserer Erinnerung alle so sehr miteinander verschmolzen und verallgemeinert, daß es schien, als hätte es immer nur ein italienisches Mädchen gegeben.

»Eine Wärmeflasche fürs Bett? Wie nett von dir, Maggie. Nein, nichts zu essen, ich habe schon gegessen, danke. Ich will nur schlafen. Es ist morgen um elf, nicht wahr? Danke, gute

Nacht.« Ein tröstlicher Hauch von ferner Kindheit wehte mich an. Warme Betten, pünktliche Mahlzeiten, saubere Bettwäsche: Dinge, für die das italienische Mädchen gesorgt hatte.

Ich stand allein in dem verblaßten hübschen Raum. Die Patchwork-Decke war für mich zurückgeschlagen. Ich sah mich um. Viele Bilder meines Vaters hingen in diesem Zimmer, Lydia hatte sie nach seinem Tod aus anderen Teilen des Hauses hierhergebracht, um aus diesem Ort eine Art Museum, ein Mausoleum zu machen. Es war, als hätte sie ihn letzten Endes in einen engen Raum eingeschlossen. Ich betrachtete die blassen Aquarelle, die einmal einem Cotman ebenbürtig schienen, die manierierten Stiche, die einmal einem Bewick ebenbürtig schienen; sie alle hatten eine ganz eigene, begrenzte Aura von Vergangenheit. Sie kamen mir zum ersten Mal überholt, altmodisch, abgeschmackt vor. Ich spürte seine Abwesenheit mit einem raschen Stich des Bedauerns, seine Anwesenheit wie einen traurigen, vorwurfsvollen Geist: Und plötzlich war es, als wäre er derjenige, der gestorben war.

2 Ottos Lachen

Sanfte, sinnlose Konservenmusik ertönte gedämpft über die Stereoanlage. Wir warteten auf den Sarg. Es sollte keinen Gottesdienst geben; nur ein paar Augenblicke des Schweigens in Gegenwart der Toten. Lydia war eine überzeugte Atheistin gewesen. Das war vielleicht ein Punkt, in dem mein Vater sie beeinflußt hatte.

Ich hatte die Familie am Morgen kaum gesehen. Maggie hatte mir das Frühstück aufs Zimmer gebracht, und als wir in die Autos stiegen, hatte ich verlegene Worte der Begrüßung mit Otto und Isabel gewechselt.

Nun betrachtete ich meine Nichte, die ein paar Reihen vor mir auf der anderen Seite saß, und verspürte ein Erstaunen, an dem das Erlebnis der letzten Nacht nicht ganz unbeteiligt war. Ich hatte Flora acht Jahre nicht gesehen, da sie bei meinem letzten Besuch nicht zu Hause gewesen war. Ich hatte sie als zierliches Elfchen in Erinnerung, das manchmal ein wahrer Kobold sein konnte, aber zu mir war sie immer sehr lieb gewesen, und ihre spontane, herzliche Zuneigung war von einer Unmittelbarkeit und Ursprünglichkeit, die mir wie ein Wunder erschien. Sie kümmerte sich nicht um die komplizierten Schranken, die ich um mich errichtet hatte; sie hatte mich schlicht und einfach gern, weil ich ihr Onkel war, und akzeptierte mich voll und ganz. Sie war vielleicht der einzige Mensch auf der Welt, der das tat. Sie hatte als Kind diese herrlich unkomplizierte Offenheit, die in Erwachsenen eine seltsame Mischung von Beschämung und Freude auslöst. Otto sagte, ich würde Flora ›idealisieren‹; und wäre Lydia nicht gewesen, wäre ich wahrscheinlich wirklich öfter heimgekommen, um sie zu sehen.

Jetzt aber war sie, wenn auch noch nicht ganz erwachsen, so doch gewiß kein kleines Mädchen mehr. Sie mußte sechzehn sein, überlegte ich, vielleicht siebzehn. Schließlich war ich selbst schon über vierzig. Und sie war eine Schönheit geworden. Als Kind hatte sie etwas bezaubernd Strahlendes an sich gehabt und war ganz einfach süß und niedlich gewesen wie ein kleines Tier. Nun aber saß da ein ausnehmend hübsches Mädchen mit langem, adrett aufgestecktem rötlichem Haar und einem blassen, verträumten Gesicht, auf dem das unschuldige Strahlen meiner Erinnerung wie Tau über den ausgeprägteren Zügen einer Erwachsenen lag. Ihr Gesicht hatte diese Reinheit und Duchsichtigkeit, die uns an den Gesichtern junger Mädchen plötzlich auffällt, wenn sie keine Kinder mehr sind. Sie trug einen weiten, langen gestreiften Rock, eine schwarze, eng anliegende Jacke und einen großen, breitkrempigen schwarzen Samthut, der weit hinten im Nacken saß. Sie sah ihrer Mutter nicht ähnlich. Sie hatte eher etwas vom zigeunerhaften Charme der jungen Lydia.

Isabel, die neben ihr saß, wirkte verdrossen und gedankenverloren. Auch sie hatte sich verändert, ihr Gesicht war auf diese kaum merkliche Art gealtert, gelber oder grauer geworden, als läge ein feiner Schleier von Mißmut und Angst darüber. Aber ihr dichtes, kunstvoll verschlungenes Haar war immer noch von einem satten, schimmernden Braun. Sie war elegant und dezent gekleidet, man hätte sie für eine tüchtige Geschäftsfrau halten können, eine Unternehmerin, aber ihr Gesicht war eher das einer ehemaligen Schauspielerin. Es war in gewisser Weise ein altmodisches Gesicht, rund, etwas schwermütig, mit großen Augen und einem kleinen Mund, es hätte gut in die Jahrhundertwende gepaßt, in einen jener überladenen französischen Salons voller geziert plappernder Damen.

Dieses Äußere verband sich auf reizvolle Weise mit ihrem akzentuierten schottischen Tonfall: Isabel kam von weiter oben im Norden, von nördlich der Grenze. Jetzt fing sie meinen Blick auf und deutete ein Lächeln an. Sie hatte ein angenehmes Lächeln, das wie ein Strahl direkt von einem Menschen zum anderen ging. Ich mochte Isabel, obwohl ich sie eigentlich kaum kannte und mich oft gefragt hatte, warum sie in diesem düsteren Haus geblieben war, wo sie alles andere als glücklich gewesen sein mußte. Natürlich war da Flora. Und wahrscheinlich gibt es für unglückliche Frauen immer viele gute Gründe, lieber den Teufel zu ertragen, den sie schon kennen, als sich einen anderen zu suchen.

Otto konnte ich nicht sehen, er saß irgendwo hinter mir neben Levkin. Damit waren wir vollzählig, abgesehen von Maggie natürlich. Lydia hatte in den letzten Jahren nur wenige Freunde gehabt. Ich hatte im Wagen kaum mit Otto gesprochen und faßte jetzt den Entschluß, noch vor dem Mittagessen ein paar kurze, sachliche Worte mit ihm zu reden. Es gab wirklich keinen Grund, weshalb ich nicht gleich am Nachmittag wieder abreisen sollte. Nichts hielt mich. Es hatte mir in der Vergangenheit nicht gefallen, die verkorkste Ehe meines Bruders mit anzusehen, und es würde mir jetzt kaum besser gefallen. Und obwohl mich stählerne Bande an Otto schmiedeten, Bande, die schrecklicher sind als die der Liebe, hatten wir einander bei unseren seltenen Begegnungen nur wenig zu sagen. Ich wollte jetzt in erster Linie herausfinden, ob Lydia, die die einzige Erbin meines Vaters gewesen war, mir in ihrem Testament irgend etwas vermacht hatte. Es war unwahrscheinlich, da unsere Beziehung nach dem Skandal meiner Abreise kühl und gespannt gewesen war, genaugenommen hatten wir kaum Kontakt miteinander gehabt. Aus Bemerkungen Isabels schloß ich, daß mein Name nie erwähnt wurde. Aber möglich war es ja doch, daß sie mir etwas hinterlassen hatte, und ich konnte es gewiß brauchen.

Ich lebte zwar ein sehr einfaches, zurückgezogenes Leben, aber ich verdiente auch sehr wenig Geld. Das Holzschneiden mag eine tiefschürfende Kunst sein, aber es ist auch eine Kunst der Beschränkung. Ich verbrachte meine Tage zufrieden mit den sechsundzwanzig Buchstaben des römischen Alphabets, deren nüchterne Autorität mein Vater mich zu lieben gelehrt hatte, und schmückte ihre schlichten Formen mit phantasievollen Verzierungen. Ich machte so ziemlich alles, von Exlibris über Markenzeichen und Banknoten bis hin zu Warengutscheinen. Mein Vater hatte über jede Verzierung des Buchstabens selbst, dessen vertraute klassische Form er mit der menschlichen Gestalt verglich, die Stirn gerunzelt, und was die Buchstaben anging, galt auch ich als Puritaner. Gelegentlich machte ich auch Buchillustrationen und übertrug zu meiner eigenen Freude, die Namen Bewick und Calvert andächtig auf den Lippen, viele Szenen, Figuren und Gegenstände aus meiner realen Umgebung oder meiner Phantasie auf die kostbare kleine Fläche des hölzernen Druckstocks. Aber ich war nie ein erfolgreicher oder renommierter Graveur geworden und in diesem Sinne etabliert. Ich war nicht ehrgeizig. Keine Schrift trug meinen Namen. Vielleicht fehlte es mir einfach an Talent. Ich hatte nur mäßiges Interesse an der genauen Beurteilung meiner Leistung und überhaupt keines an meinem Prestige, außer soweit es meine Einkünfte anging. Ich hätte mich gern damit begnügt, mich als Handwerker zu betrachten und im Hinterstübchen irgendeiner Druckerei vor mich hinzuwerkeln, nur ein gewisser Hang zur Freiheit hielt mich an der eigenen Werkbank. Ich hatte kein Verlangen nach Luxus, hatte es nie gehabt, aber ich ehrte die Armut auch nicht um ihrer selbst willen und verabscheute die damit verbundenen Demütigungen und Unannehmlichkeiten. Ich lebte ein zurückgezogenes Leben. Das war nicht immer so gewesen. Aber meine Beziehungen zu Frauen verliefen alle nach dem gleichen verheerenden und am Ende schon vertrauten Schema. Ich brauchte keinen Psychoanalytiker, um zu erfahren, warum, und es kam mir auch nie in den Sinn, die Hilfe eines dieser modernen Seelenklempner zu suchen. Ich zog es vor, mich zu ertragen, wie ich war.

Ich hörte eine Bewegung hinter mir, ein Schlurfen, schwere Schritte. Als wir uns alle erhoben, wandte ich mich halb um, um zu sehen, wie der kleine Sarg hereingebracht wurde, und plötzlich war es irgendwie traurig, daß die Bediensteten, die ihn mit solcher Leichtigkeit trugen, genauso viele waren wie die Trauernden. Mich fröstelte, und ich schloß die Augen, als sie an mir vorbeigingen, und als ich sie wieder öffnete, stand der Sarg bereits auf einer Art Bühne vor einem blauen Samtvorhang. Die Musik verstummte, aber in meinem Kopf ging sie weiter, und die Stille kam mir idiotisch vor. Ich blickte auf den Sarg und versuchte etwas zu empfinden, aber ich empfand nur Kälte, erschreckende Kälte. Es war, als warte sie zum letzten Mal, als drehe sie sich auf der Schwelle noch einmal um, dieser anspruchsvolle Geist, und da standen wir vor ihr, eine betretene, klägliche, dümmliche Schar, verschüchterte Jämmerlinge, wie wir es immer gewesen waren. Ein christliches Begräbnis hätte diesen Augenblick der Leere wenigstens mit alten Bildern und Emotionen überdeckt und diesem Moment kläglicher Hilflosigkeit die Würde und Traurigkeit allgemein menschlicher Sterblichkeit verliehen. Dahin kommen wir alle. Ich wünschte, nicht zum ersten Mal, ich wäre christlich erzogen worden. Das Christentum war nicht in mir, so sehr ich mich auch manchmal als Christ gebärdete, und ich wußte, das war ein schrecklicher Verlust. Noch etwas, was ich meinen Eltern nie verzeihen konnte. Ich unterdrückte den altgewohnten Groll mit der altgewohnten Selbstbeherrschung. Ich starrte auf den blauen Samtvorhang. Die Stille dauerte und dauerte.

Dann hörte ich plötzlich, genau hinter mir, ein gespenstisches Geräusch. Ich sah, wie Isabel sich scharf umdrehte, und drehte mich ebenfalls um. Die Sargträger standen steif in einer Reihe an der Hinterwand. Vor ihnen ragte die massige Gestalt meines Bruders auf, und ich sah, wie er schwankte, sich zusammenkrümmte und die Hand zum Mund führte. Einen Augenblick dachte ich, es sei ihm schlecht geworden oder die Tränen hätten ihn übermannt; aber dann sah ich, daß er lachte. Ungeheure Lachkrämpfe schüttelten seine große Gestalt von Kopf bis Fuß und gingen in ein Spucken und Gurgeln über, als er sie zu unterdrücken versuchte. »O Gott!« sagte Otto deutlich hörbar. Er erstickte fast. Dann gab er jeden Verschleierungsversuch auf und brach in schallendes Lachen aus. Tränen liefen ihm über die roten Wangen. Er lachte. Er brüllte vor Lachen. Die ganze Kapelle erdröhnte davon. Unsere Zwiesprache mit Lydia war zu Ende.

Die Reihe der Sargträger war in schockiertem Aufruhr. Isabel war in den Gang getreten und sagte etwas zu mir. Ich wandte mich zu Otto um. Aber David Levkin hatte ihn schon beim Arm gepackt und schob den immer noch Prustenden und nach Luft Schnappenden auf die Tür zu. Als ich meinen Platz verließ, um ihnen hinaus zu folgen, sah ich hinter Isabel Flora, die vollkommen still dastand, fast in Habtachtstellung, und starr vor sich hinblickte, als wäre nichts geschehen.

Draußen saß Otto auf den Steinstufen in der Sonne und wiederholte immer wieder: »O Gott, o mein Gott!« und fuhr sich mit einem schmutzigen Taschentuch über den Mund. Er schien sich des Lachens einfach nicht erwehren zu können. Er hielt einen Moment inne, starrte mit einem hochbelustigten Ausdruck vor sich hin, und dann, als ertrage er das ausnehmend Komische seiner Gedanken nicht länger, platzte er wieder heraus: »O mein Gott!« Die Tränen liefen ihm aus den Augen, und Speichel tropfte ihm übers Kinn. Levkin saß eine Stufe über ihm, sein Knie berührte Ottos Schulter. Er tätschelte ihn geduldig und fast geistesabwesend. Als ich mich meinem Bruder näherte, schlug mir ein starker Alkoholgeruch entgegen.

Trunkenheit widert mich an. Jetzt fiel mir ein, daß Isabel vor einiger Zeit in einem Brief geschrieben hatte, sie glaube, ihr Mann habe sich das Trinken angewöhnt. Und ich erinnerte mich auch daran, wie ich damals gedacht hatte, daß Otto, der schon in seiner besten Verfassung ein unbeherrschter und mitunter gewalttätiger Mann war, einen schrecklichen Trunkenbold abgeben würde. Angeekelt schaute ich auf ihn hinunter.

»Mylord, Mylord, seien Sie still, seien Sie doch still.« Levkin redete in einem besänftigenden Singsang auf Otto ein und tätschelte ihn dabei. Ich sah den Jungen ebenso überrascht wie mißfällig an.

»Bringen wir ihn zum Wagen«, sagte ich. Ich hasse Szenen und Dramatik. Zum Glück war sonst niemand in der Nähe. Die beiden Autos standen kaum zehn Meter weit entfernt, dahinter erhoben sich schläfrig und nach Harz duftend die grünen Bäume des sogenannten Gedächtnisgartens in der Sonne. Die Frauen waren noch in der Kapelle, und unsere anderen Begleiter waren nirgendwo zu sehen. »Steh auf«, sagte ich zu Otto.

Levkin nahm ihn bei einem Arm, ich beim anderen, und Otto tauchte zwischen uns empor wie ein riesiges, vom Meeresgrund heraufgetriebenes Stück Holz. Sein Gesicht hatte jetzt einen Ausdruck strahlender Heiterkeit, und er rülpste und hickste sinnend vor sich hin, während wir ihn in schwankendem Zickzack zum Wagen bugsierten. Levkin öffnete die Tür, und Otto fiel hinein. Er roch nach abgestandenem Alkohol und Tabak wie eine alte Kneipe. Ich legte keinen Wert darauf, meinen Bruder noch länger in diesem Zustand zu sehen, und es war wohl auch ihm gegenüber freundlicher, die Sache abzukürzen. »Bringen Sie ihn weg.«

Levkin zögerte, dann stieg er in den Wagen und wendete. Die drei Frauen erschienen auf den Stufen zur Kapelle. Als ich auf sie zukam, wandte Isabel mir ihr Gesicht mit einem bedauernden und bittenden Ausdruck zu. Irgend etwas in ihren Augen sagte auch: Das passiert oft, so stehen die Dinge eben, mach keine große Sache daraus. Flora stürmte vorbei und riß sich den Hut vom Kopf. »Ich gehe zu Fuß«, sagte sie brüsk zu niemand Bestimmtem. Als sie sich entfernte, sah ich, wie sie die Nadeln aus ihrem roten Haar zog und es sich auf die Schultern fallen ließ.

»Komm mit uns, Edmund«, sagte Isabel fast flehend.

Ich empfand im Augenblick nur den Wunsch, sie mir wie Insekten vom Ärmel zu schütteln. Ottos Lachen, Ottos Alkoholfahne, der schmutzige, schmuddelige, intime Gestank des Ganzen schien plötzlich alles in sich zu fassen, was ich verabscheute. Es war keine Würde, keine Schlichtheit im Leben dieser Menschen. In ein paar Stunden konnte ich sie, Gott sei Dank, für immer verlassen. »Nein danke. Ich bleibe noch. Es ist ja nicht weit zurück. Wartet nicht auf mich.«

Ich sah zu, wie der zweite Wagen wegfuhr, und ging dann langsam zurück in die kühle Kapelle. Es war nicht dunkel drinnen, Klarglasfenster und helles Eichenholz, aber meine Augen waren von dem Lichtwechsel geblendet, und ich sah alles ein wenig verschwommen. Dann entdeckte ich, daß der Platz leer war. Lydia war fort. Der Sarg mußte nach der üblichen geistlosen Zeremonie hinter den Vorhängen verschwunden oder langsam in den Boden versenkt worden sein. Lydia war im Feuer.

Ich setzte mich hin und versuchte meine Gedanken zu ordnen. Ich versuchte an sie zu denken, mich daran zu erinnern, was für ein guter, feiner Mensch sie gewesen war, wie sie mich geliebt und für mich gelitten hatte. Das war nicht der Augenblick, an ihre Schwächen zu denken oder an die Verheerungen, die sie angerichtet hatte. Vor ihrem Mysterium wurden meine kleinlichen Urteile zum Schweigen gebracht. Ich würde mich in Barmherzigkeit üben, wie ich es längst schon hätte tun sollen, schon von Anfang an. Ich bemühte mich, etwas wie Reue zu empfinden, ein wenig nüchternes Bedauern über mein eigenes Versagen als Sohn, als Mann. Ich durfte mich nicht scheuen, dieses gewaltige Versagen recht zu ermessen. *Nondum considerasti quantum pondus sit peccatum.*

Das waren die Gedanken, die ich zu denken versuchte, während ich auf den blauen Vorhang starrte, hinter dem meine einst geliebte Mutter verschwunden war. Aber ich konnte sie nicht denken. Alles, was mir in den Sinn kam, war das Bild Floras. Wie außerordentlich hübsch sie geworden war. Ich fragte mich, wie alt sie wohl sein mochte.

3 *Isabel schürt das Feuer*

»Bist du nicht mit dem Auto gekommen?« sagte Isabel.

»Nein, ich hasse es, hier in den Norden rauf zu fahren.«

»Möchtest du was trinken? Einen Schluck Whisky?«

Isabels Plattenspieler, auf ein fast unhörbares Raunen zurückgedreht, spielte Sibelius.

»Nein danke. Ich trinke nicht viel.« Tatsächlich trank ich überhaupt nicht, aber ich fand immer, daß es selbstgerecht und aggressiv klang, das zuzugeben.

»Im Gegensatz zu deinem lieben Bruder!«

»Wie lange geht das schon so mit dem Trinken?«

»Ziemlich lang, aber vor allem, seit Lydia so schwer erkrankte. Lydia war der einzige Mensch, der Otto bändigen konnte. Danke, Maggie, ist schon recht. Stellen Sie die Brötchen einfach da auf den Tisch.«

Maggie stellte das Tablett ab und ging. Mit ihren schwarz beschuhten Füßen wirkte sie wie ein kleiner Esel.

Es war Mittagszeit. Otto hatte sich nicht wieder blicken lassen, und Flora hatte Bescheid gegeben, daß sie Kopfschmerzen hätte, also hatte Isabel für uns beide einen kleinen Imbiß in ihrem Zimmer vorgeschlagen. Sie wollte mit mir reden, sagte sie, unter vier Augen.

Isabel bewohnte das Zimmer mit dem Erkerfenster auf der Vorderseite mit Blick über den Rasen bis hin zu den Kamelien. Unser Haus, das mein Vater bei seiner Heirat gekauft hatte, war ein großes, häßliches, viktorianisches Pfarrhaus; sein roter Backstein war geschwärzt vom scharf herüberwehenden Wind von den nahen Kohlengruben, deren Schlackenhalden hinter den Bäumen verborgen lagen. In seiner sozialistischen Jugend hatte mein Vater, der aus der Gegend stammte, sich diese kleine nördliche Stadt in der Hoffnung ausgesucht, fruchtbare Verbindungen zur Arbeiterklasse herzustellen. Aber die stillen, mißtrauischen Bergarbeiter hatten nichts anfangen können mit diesem sanften Menschen; und zu einer Zeit, als Otto und ich uns unserer Umgebung bewußt wurden, war er bereits ein geschlagener Einsiedler. Wir wuchsen als Kinder im Exil auf.

Der Garten war riesig und hatte zum Grundstück eines viel größeren Hauses gehört, das durch ein Feuer zerstört worden war. Ein kleiner Bergbach mit klarem, braunem Wasser stürzte sich am hinteren Ende des Grundstücks in einem langen Wasserfall herab, dem Willen eines lang verstorbenen Gartengestalters gehorchend. Der Bach schlängelte sich über eine Strecke von fast vierzig Metern zwischen hohen, von Kamelien bewachsenen Hängen und einem Bambusdickicht dahin, ehe er kurz den Rasen streifte und dann abbog, um unter Eisenbrücken in die Stadt zu fließen. Die Kamelienbüsche, von denen die meisten mittlerweile zu ungepflegten, wild wuchernden Bäumen angewachsen waren, bildeten einen fast undurchdringlichen, dicht verfilzten Dschungel. Das Ufer des Bachs war von dem grüneren Bambusgürtel gesäumt, und hoch darüber stand ein Birkenhain, hinter dem sich das offene Land erstreckte. Für uns Kinder war es ein unermeßliches Reich der Romantik gewesen. Ich seufzte. Ich konnte mich nicht erinnern, daß ich als Kind glücklich gewesen war, aber nun war es, als erinnerten sich die Wälder für mich.

»Nein danke, Isabel, ich rauche nicht. Ich bin nicht mehr so ganz auf dem laufenden in bezug auf Flora. Was macht sie denn jetzt so? Ich war ganz überrascht, wie erwachsen sie schon ist.«

»Sie ist an der Kunstgewerbeschule, studiert Textildesign. Sie hat ein bißchen Talent dafür. Ich nehme an, sie wird jung heiraten. Sie sehnt sich nach dem Süden.«

Ich seufzte wieder. So versickerte das große Talent meines Vaters durch diese verschiedenen Kanäle.

»Danke Isabel, nur ein Brötchen. Hast du nichts Alkoholfreies? Ein Ginger Ale vielleicht? Na gut, dann Tomatensaft. Was hast du mit deiner Hand gemacht?«

Eine lange, blasse Narbe zog sich über die Finger ihrer rechten Hand.

»Nichts. Ich habe mich hier am Kamin verbrannt.«

»Du mußt aufpassen mit dem Feuer. Das ist ja wie ein Hochofen. Brauchst du das denn im Sommer?«

»Es leistet mir Gesellschaft. Wie ein Hund. Ich kümmere mich gerne darum.«

Lydia hatte immer eine krankhafte Angst vor dem Feuer und mindestens sechs Feuerlöscher im Haus gehabt. Teils um sie zu ärgern, hatte Isabel stets ein sehr großes offenes Feuer in ihrem Zimmer brennen lassen, für das sie Holz und Kohle hoch auftürmte. Auch jetzt prasselte es vor sich hin, ein blendendhelles Bauwerk in Rot und Gold, obwohl draußen strahlend die Sonne schien. Isabel nahm ein paar welke Blumen aus einer Vase und warf sie aufs Feuer. Es zischte, und der Raum füllte sich mit einem süßen, durchdringenden Geruch.

Isabels Zimmer hatte immer etwas Provokantes an sich gehabt. Es war ihr Hobby, zweifellos ihr Trost. Während das übrige Haus immer noch in dem sparsam phantasievollen Stil ausgestattet war, den mein Vater bevorzugt hatte, einer Art spartanischem Jugendstil, hatte Isabel sich ein üppiges, aus verschiedenen Stilrichtungen zusammengewürfeltes Boudoir eingerichtet. Der Raum war vollgestopft mit Möbeln, und die Möbel waren vollgestellt mit Dingen, und als ich eintrat, hatten meine schweren Schritte eine Myriade von Ziergegenständen zum Klingeln gebracht wie kleine Glocken. Es war ein Raum im edwardianischen Stil mit Träumen aus dem achtzehnten Jahrhundert. Ich rückte vom Feuer ab und lehnte mich an den Kaminsims, nachdem ich sorgsam ein paar Wasserbüffel aus Elfenbein aus der Reichweite meines Ellbogens gerückt hatte.

»Setz dich doch, Edmund. Du wirst noch was zerbrechen, wenn du dauernd herumgehst. Du bist viel zu groß für diesen Raum. Gott sei Dank kommt Otto nicht mehr her.« Nach einer Weile fügte sie hinzu: »Ach, du hast so recht damit gehabt, dich von Lydia loszumachen.«

Gefühlsausdruck machte ihre Stimme noch schottischer. Sie saß jetzt in einem plüschbezogenen Nähstuhl, der sich schlecht mit dem dicht daneben stehenden georgianischen Spieltisch und einigen Chinoiserien von zweifelhafter Herkunft vertrug. Sie mußte sich irgendwann nach unserer Rückkehr umgezogen haben, aber nun sah ich, daß sie kein anderes Kleid trug, sondern einen geblümten Sommer-Morgenmantel. Ihre Füße steckten in flauschigen Pantoffeln. Seit meinem letzten Besuch hatte sie sich das lange Haar schneiden lassen, aber die kunstvolle Lockenfrisur wirkte genauso lockig wie früher. Ihr Gesicht mit dem kleinen Schmollmund und der hübschen kurzen Nase wirkte klein unter dem üppigen Haar. Sie hatte dick Puder aufgetragen, die Augenbrauen in einem übertriebenen Bogen nachgezogen und sich geschmacklose grünliche Flekken über die großen, runden braunen Augen gemalt. Der ungepuderte Hals im offenen Ausschnitt des Morgenmantels wirkte hager und müde unter diesem Gesicht. Sie tat mir leid.

»Ich stehe lieber, wenn es dir nichts ausmacht. Ich stehe immer gern. Wie geht's so allgemein, Isabel? Wie geht es Otto, vom Trinken abgesehen?«

»Gut, nehme ich an. Er macht jedenfalls seine Arbeit. Ich sehe ihn jetzt nie. Er schläft im Atelier.«

»Er hat einen neuen Lehrling, hab' ich gesehen. Ich glaube, du hast ihn in einem Brief erwähnt. Was ist aus dem letzten geworden?«

»Oh, er ist eines Morgens mit einem Haufen von Ottos Kleidern und dem ganzen Bargeld, das er finden konnte, auf und davon. Natürlich hat Otto nichts unternommen. Gott sei Dank war Lydia zu der Zeit schon fast nicht mehr bei Bewußtsein.«

»Und wie ist der neue? Derselbe Schlag? Otto hat schon einen Griff dafür. Der jetzt scheint Ausländer zu sein.«

»Ausländische Eltern, glaub' ich. Russischer Jude. Er wohnt im Sommerhaus. Ich sehe ihn auch kaum.«

Das Sommerhaus war ein runder Steinbau, ursprünglich ein dekoratives Stück aus dem achtzehnten Jahrhundert, das spätere Vandalen mit Backsteinzubauten in ein Gärtnerhäuschen verwandelt hatten. Trotzdem sah es immer noch ganz hübsch aus zwischen den ersten Bäumen des Kamelienwaldes. Ottos Atelier, eine schamlose Monstrosität aus Ziegeln und Schiefer, war zum Glück hinter dem Haus versteckt.

»Woher kommt er?«

»Von irgendwo. Er kam an dem Tag, an dem Lydia ihren letzten Schlaganfall hatte. Er hat eine Schwester oder sowas mitgebracht. Bisher hat er nichts Schlimmes angestellt.« Sie lachte ihr kleines Lachen. Isabel hatte ein kurzes, melodisch perlendes Lachen. Sie erhob sich aus ihrem Stuhl und tänzelte um die Möbel herum zum Fenster. »Du machst mich unruhig. Warum setzst du dich denn nicht hin?«

»Entschuldige, Isabel. Ich habe Angst, wieder einen Stuhl zu zerbrechen wie beim letzten Mal. Ach, bitte mach doch diese Musik aus. Ich kann Hintergrundmusik nicht leiden.«

Sie beugte sich hinunter, um den Plattenspieler abzustellen. »Ich brauche Musik so sehr. Ich weiß nicht, was ich ohne Musik täte. Manchmal hülle ich mich darin ein wie in einen feurigen Mantel. O Edmund, ich war so einsam –«

Der flehende Klang ihrer Stimme machte mich ein wenig nervös. Ich wollte keine von Isabels Gefühlsaufwallungen miterleben. Ich hatte nicht den Wunsch, mir ihre Geständnisse und Klagen anzuhören. Außerdem kannte ich das alles nur zu gut. Ich sagte munter: »Na, na, schließlich gibt es ja immer noch –«, ich wollte sagen ›Flora‹, hatte aber plötzlich das Gefühl, ich könnte ihr damit wehtun. Ich sagte: »– das italienische Mädchen.«

»Maggie und ich sind wie diese Dostojewski-Figuren, die zulange gemeinsam unter einem Dach gehungert haben. Wir können nichts füreinander tun. Und überhaupt hat Lydia Maggie genauso für sich vereinnahmt wie Flora. Sie hat alles vereinnahmt.«

»Ja, ich kann mir vorstellen, daß sie die kleine Maggie leicht mit Haut und Haar hätte verschlucken können.«

»Es ist noch eine Menge da von Maggie.«

»Es ist noch eine Menge da von dir. Mich wundert, daß du nicht mehr ausgehst, Dinge in der Stadt unternimmst.«

»So wie *sie*. Maggie ist eine ziemliche Weltverbesserin. Sie kennt die ganze italienische Gemeinde. Aber ich sehe mich nicht so recht in der Rolle des Babysitters.«

»Es würde dir sicher helfen, mal über andere nachzudenken, statt immer nur über dich selbst. Über die Probleme anderer Menschen –«

»Du meinst also, ich führe ein idiotisches, ichbezogenes Leben?«

Ich zögerte. Es lag ein Eifer in ihrer Frage. Eigentlich wollte ich mit meiner Schwägerin kein solches Gespräch führen. Wenn ich jetzt etwas sagte, das nach Vorwurf klang, würde das die Stimmung zwischen uns aufheizen, und davor schreckte ich instinktiv zurück. Schließlich war ich hier nur Zaungast. Trotzdem mußte ich ehrlich antworten. »Offen gesagt, ja.«

Meine Offenheit freute sie, und sie wurde fast rot vor Dankbarkeit. »Du hast ganz recht. Mein Leben ist ein *divertissement.*« Sie kam vom Fenster herüber zum Kamin und begann, dürre Holzstückchen ins Feuer zu werfen. Ich trat ein paar Schritte zurück und bahnte mir dabei vorsichtig einen Weg zwischen den zahllosen Hindernissen.

»Und du –«, sagte Isabel. »Ja, du führst ein einfaches, gutes Leben. Du hilfst den Menschen. Oh, ich weiß Bescheid. Findest du es leicht, so zu sein?«

»Ich bin auch selbstsüchtig«, sagte ich. »Ich lebe einfach gern so. Ich hab' eben unweltliche Vorlieben«, fügte ich hinzu. »Und natürlich hatte ich in meinem Vater ein großes Vorbild.« Das Gespräch fing an, mir gegen den Strich zu gehen.

»Wenn dein Vater doch bloß Lydia nie begegnet wäre. Er hätte Mönch werden sollen. Aber in gewisser Weise lebst du sein Leben für ihn.«

»Niemand könnte sein Leben für ihn leben. Er hat sein eigenes Leben gelebt. Er war ein viel feinerer Mensch, als ich es je sein könnte.« Außerdem, ergänzte ich für mich selbst, bin ich auch Lydia begegnet, und das in einem ziemlich zarten Alter. Ich schaute verstohlen auf die Uhr und fragte mich, ob mein Bruder mittlerweile wohl nüchtern war.

»Ja, aber du bist ein freier Mann«, sagte Isabel. »Wir hier sind alle Gefangene. Wir sind wie Figuren in einer Gravur. O Gott, wie ich Gravuren hasse! Entschuldige, Edmund, aber dieses schwarze, enge Gekritzel hat etwas – es ist eine gotische Kunst, eine nordische Kunst. Und warum suchen Graveure sich immer so düstere Themen aus? Männer am Galgen, klagende Frauen. Eine Gravur ist niemals fröhlich. Keine Farben. Gott, wie ich den Norden hasse!« Sie klopfte ärgerlich mit ihrem Ehering gegen den Kaminsims.

Ich wußte, daß ich kein freier Mann war, aber ich hatte nicht die Absicht, das mit Isabel zu erörtern. »Es gab eine ganze Menge italienischer Graveure. Es ist nicht alles von Dürer erfunden worden. Mantegna zum Beispiel –«

»Otto ist gotisch, verstehst du«, sagte Isabel. »Er ist der Norden schlechthin. Primitiv, grob. Otto gehört zu den Männern, die ins Waschbecken pinkeln, selbst wenn daneben ein Klo ist.«

Ich verabscheue es, wenn Frauen derb reden, und hätte es sowieso höchst unpassend gefunden, mich mit der Frau meines Bruders über diesen zu streiten. In fröhlichem Abschiedston sagte ich: »Ich glaube, du übertreibst, Isabel. Selbst wenn du eine Gefangene warst, jetzt bist du viel freier. Und wenn du willst, kannst du dir jederzeit deine Freiheit nehmen. Und jetzt, wenn du nichts dagegen hast –«

»Sei kein Narr, Edmund«, sagte Isabel. Sie schenkte sich Whisky nach, und ich bemerkte mit Abscheu, daß sie leicht beschwipst war. »Du weißt genauso gut wie ich, daß man geistig gefangen sein kann. Wir haben uns hier alle selbst und gegenseitig zerstört, nur aus Trotz gegen Lydia. Wir sind Affenmänner und Spinnenfrauen geworden. Otto und ich sind darauf spezialisiert, einander zu zerstören. Daß Lydia nicht mehr ist, ändert nichts daran.«

Die Heftigkeit, mit der sie das sagte, berührte und beunruhigte mich zugleich. Ich wollte weg von alledem. Ich empfand Mitgefühl und wußte doch, daß es weder für sie noch für mich gut wäre, wenn ich mich von ihrem Elend wirklich rühren ließ. »Reiß dich zusammen, Isabel. Versuch ab und zu ein bißchen Fröhlichkeit in dein Leben zu lassen! Du kannst doch ein glückliches, nützliches, unabhängiges Leben führen –«

»Erinnerst du dich«, sagte Isabel, »an die Vision der Heiligen Theresa von einem in der Hölle für sie reservierten Platz? Sie beschreibt ihn als einen dunklen Schrank. Ich lebe die ganze Zeit in diesem dunklen Schrank. Mein ganzes Dasein trennt mich von dem guten Leben, von dem du redest. Das einzige, was mich jetzt trösten kann, ist der Schlaf. Jede Nacht ist ein Ebenbild des Todes. Wenn das nicht wäre, hätte ich mich schon längst umgebracht.«

Wieder klopfte sie mit ihrem Ehering gegen den Kaminsims, heftig, die feuchten Lippen geöffnet, die Augen zusammengekniffen gegen den hellen Schein des Feuers. Sie wirkte aufgelöst, der geblümte Morgenmantel klaffte am Hals weit auf, und sie fuhr sich immer wieder nervös mit der Hand in den Ausschnitt, um sich Brust und Schultern zu reiben.

Gequält wandte ich mich zum Fenster. Und dann sah ich draußen im Garten Flora, die langsam im hellen Sonnenschein über die Wiese schritt. Sie trug jetzt ein weißes Sommerkleid und ließ einen großen Sonnenhut an einem blauen Band in einer Hand hin und her baumeln. Ihr Haar war noch immer offen. Es war wirklich kein Bild für einen Graveur. Es war ein Sujet für Manet.

»Da ist ja Flora«, rief ich aus. »Wie hübsch sie doch ist.«

Ich hörte, wie Isabel sich hinter mir bewegte, und gleich darauf berührte ihr Ärmel den meinen. Wir betrachteten beide das Kind, das mit zurückgeworfenem Kopf dahinschlenderte, als nehme es nichts wahr außer den lichtglitzernden Bäume und der leuchtenden, hellblauen Sommerluft.

»Alice im Wunderland! Sie muß eine große Freude für dich sein, Isabel.«

»Ja und nein.« Leise fügte sie hinzu: »Ich wünschte, sie wäre nicht mein einziges Kind.«

Flora verschwand zwischen den Bäumen. Ich seufzte.

»Bist du immer noch ganz allein, Edmund?«

»Ja.« Ich rückte von ihr ab. Mein Unbehagen war verflogen, und sie tat mir leid, weil ich mir selbst leid tat.

»Wie lange wirst du bei uns bleiben?«

»Na ja«, sagte ich und schaute wieder auf die Uhr, »wenn du mich jetzt entschuldigst und wenn ich Otto noch erwische, dann erreiche ich den Fünf-Uhr-Zug.«

»*Was?*«

Schon auf halbem Weg zur Tür, drehte ich mich nochmals zu ihr um. Sie hielt sich mit einer entsetzten und zugleich flehenden Geste die rundlichen Hände an die Kehle. »*Nein, nein, nein* –«, sagte sie. Dann streckte sie eher befehlend als bittend einen Arm in meine Richtung aus. In ihrem feuriggoldenen Schrein sah sie aus wie eine kleine Prophetin. »Du kannst nicht gehen, Edmund.«

»Nun ja, ich –«

»Du mußt bleiben. Irgend etwas wird dich hier wohl halten. Du mußt bleiben und uns helfen. Otto braucht dich. Wir alle brauchen dich. Mit wem sonst hätte ich so reden können? Ich habe mich so auf dein Kommen gefreut. Du bist der einzige Mensch, der uns heilen kann.«

»Ich bin kein Heiler«, sagte ich. Ich konnte nicht hinzufügen: »Ich kann dich nicht heilen. Vielleicht kann das niemand.«

»Doch, das bist du. Du bist vielerlei. Du bist ein guter Mann. Du bist eine Art Arzt. Du bist der Gutachter, der Richter, der Inspektor, der Befreier. Du wirst uns die Köpfe zurechtsetzen. Du wirst alles in Ordnung bringen. Du wirst uns frei machen.«

Ich war aufs höchste beunruhigt von dieser Rede. Ich empfand den heftigen Wunsch, in meine eigene, einfache, unbeschwerte Welt zurückzukehren. Ich wollte meine Zeit nicht in dem Durcheinander von Isabels Welt vergeuden, und schon gar nicht wollte ich, daß mir darin eine Rolle zugeteilt wurde. Ich sagte mit Entschiedenheit: »Tut mir leid, Isabel. Ich muß nicht unbedingt gehen, aber ich will gehen. Ich könnte nichts für dich und Otto tun. Verzeih mir bitte und entschuldige mich jetzt.«

Die straffe, kleine prophetische Gestalt sank in sich zusammen, sie trottete zurück zum Feuer und stieß dabei einen kleinen Tisch um. Einer der zierlichen Pantoffel war ihr vom Fuß geglitten. Sie goß sich noch einen Whisky ein und sagte, ohne mich anzusehen: »Vielleicht hast du recht, Edmund. Kehr besser zurück zu deinem guten Leben. Ich hätte dich nicht so belästigen sollen. Es ist nur, weil ich mich so eingesperrt fühle, so gelangweilt. Ich will große Gefühle und Pistolenschüsse.«

Große Gefühle und Pistolenschüsse: Das hatte auch Lydia gewollt. Und das genau war es, was ich fürchtete und haßte. Ich flüchtete aus dem Zimmer.

4 *Otto und die Unschuld*

»Ich habe letzte Nacht geträumt«, sagte Otto, »daß ein großer Tiger im Haus war. Er ist durch die Räume gestrichen, und ich habe immer wieder versucht, das Telefon zu erreichen, um Hilfe zu holen. Aber als ich endlich beim Telefon war, konnte ich nicht richtig wählen, weil die Wählscheibe ganz aus Marzipan war. Und dann hat dieser Tiger –«

»Entschuldige«, sagte ich, »aber ich möchte wirklich diesen Zug erreichen. Und es gibt immer noch ein paar Dinge zu regeln.«

Wir waren im Atelier, und Otto aß sein Mittagessen. Das Atelier, in dem große bearbeitete und unbearbeitete Steinblökke herumstanden, deren Konturen sich zu eckigen Linien fügten, hatte eine megalithische Feierlichkeit, wie ein Versammlungsplatz von Druiden. Ein seltsam marmornes Echo, melancholisch und ein wenig hohl, schien von dem Stein widerzuhallen, und er schien Kälte auszustrahlen. Otto machte jetzt hauptsächlich Grabsteine und Denkmäler. Nüchterne, glatte Schiefer- und Marmorflächen verzeichneten in kraftvoller, untadeliger Blado- oder Baskervilleschrift die Namen der Dahingeschiedenen, die dank Otto bei ihrer Ankunft in einer anderen Welt nicht um ihre Identität bangen mußten. Ein von oben einfallendes, helles, klares Licht fiel auf die unregelmäßigen weißgetünchten Wände, die jetzt von zahllosen hauchfeinen Spinnweben überzogen waren. Eine wunderschön gearbeitete Gedenkplatte aus dunkelgrünem kornischem Schiefer lag auf der Werkbank, auf der das Werkzeug, wie ich beifällig bemerkt hatte, sauber angeordnet war. Otto mochte in jeder anderen Hinsicht unordentlich sein, aber er war immer noch ein sorgfältiger Handwerker. Unser Vater hatte uns in dieser Hinsicht eine Erziehung angedeihen lassen, die nachhaltig war.

Otto saß auf seinem zusammengelegten Mantel auf einem langen, niedrigen Marmorgrab und balancierte einen Teller auf den Knien. Sein Mittagessen bestand aus Salzkeksen, großen Mengen von Butter und Käse und einem Haufen von Kräutern, die er büschelweise in dem üppig wuchernden Kräutergarten ausgerupft und jetzt in einer Pappschachtel neben sich stehen hatte. Ich erinnerte mich an seine diesbezüglichen Vorlieben. Otto zu ernähren war ungefähr das gleiche wie einen Elefanten oder einen Gorilla zu füttern. Seine gewaltigen Massen bedurften der täglichen Zufuhr einer Unmenge von Grünzeug. Im Augenblick pappte er mit einem Taschenmesser zwischen den prallen roten Fingern ein Stück Butter von der Größe eines Tischtennisballs auf ein Keks; diese Butterkugel wurde mit einem Stück Käse von ebensolchem Ausmaß gekrönt, und darauf klatschte er sich ganze Büschel von Minze und Majoran, die er geschickt aus dem hastig gepflückten Haufen Grünfutter neben sich herauszupfte, der zweifellos auch Grashalme, Kreuzkraut, Giersch und anderes fremdes Grünzeug enthielt. Ein grüner, keksiger Brei wurde sichtbar, als er den Mund aufriß und das fettige Gebilde hineinschob. Das meiste landete drin.

»Komisch, nicht«, nuschelte er und spuckte Brösel beim Kauen, »komisch, daß wir beide praktisch Vegetarier sind. Ich esse nur Gemüse und du nur Obst. Muß wohl was mit Lydia zu tun haben. Wie das meiste an uns!«

Ich war tatsächlich Vegetarier, wenn auch nicht aus irgendeinem Prinzip, sondern einfach aus Instinkt und weil es mir so lieber war. Ich unterdrückte meinen üblichen Hang zum Herumgehen und setzte mich auf die Werkbank, um nicht den vielfarbigen Steinstaub vom Boden aufzuwirbeln. Ich habe eine sehr empfindliche Nase. »Otto –«

»Mensch, ich glaub', ich hab' gerade eine pelzige Raupe verschluckt! Armes kleines Luder. Glaubst du, daß sie giftig war? Wie das wohl ist, wenn man gefressen wird? Wir sollten das eigentlich wissen, o mein Gott!«

»Otto –«

»Schon gut, schon gut. 's gibt was zu besprechen. Zum Beispiel das Problem von wegen Lydias Grabstein. O Gott!«

»Das überlasse ich dir«, sagte ich. »Schreib drauf, was du willst. Mir ist das gleich. Und ihr jetzt sicher auch.« Wir hatten kurz vorher darüber diskutiert, ob es eine besondere Inschrift geben sollte und ob darin die Wörter »Gattin« und »Mutter« vorkommen sollten. Es waren Wörter, die Lydia verabscheut hatte. »Warum nicht einfach nur ihren Namen?«

»Lydia. Klingt wie ein kleiner Hund.«

»Ich meine ihren vollen Namen, du Esel. Aber entscheide du.«

»Komisch, nicht«, sagte Otto und stopfte sich eine Handvoll Grünzeug mit Gras und allem Drum und Dran in den Mund, »komisch, daß ich immer verstopft bin, obwohl ich soviel Grünes esse. Ich finde, Grün ist die natürliche Farbe für Eßbares, meinst du nicht auch? Ist dir je aufgefallen, daß wir nichts *Blaues* essen?«

»Otto –«

»Trink einen Schluck Whisky, Ed, oder bist du immer noch Abstinenzler?«

»Ich bin kein Abstinenzler, ich mag das Zeug bloß nicht. Hast du nicht schon genug gehabt für heute?«

Otto schüttelte traurig den Kopf, und als er wieder sprechen konnte, sagte er: »Du verstehst einfach nichts von Sucht. Man will immer mehr. Je mehr man hat, desto mehr will man und desto verzweifelter will man es. Ach, wenn ich das Trinken nur aufgeben könnte, jetzt auf der Stelle. Und einfach nur so leben. Dann würde man die Hölle wirklich spüren, in der man lebt. Sie würde in den Körper eindringen.« Er hielt inne, den mit grünem Brei gefüllten Mund weit offen, und starrte reglos auf die spinnwebenverhangene Wand.

Ich habe gesagt, daß Otto größer war als ich. Er war auch breiter und massiger, seine früher bullige Gestalt verwandelte sich langsam in Fettmassen. Trotzdem besaß er immer noch außerordentliche Körperkräfte und war, wenn er wollte, unermüdlich. Sein großflächiges Gesicht war rot und schwabbelig geworden. Er hatte eine absurd kleine, gerade Nase, eine hohe, faltige, schweißglänzende Stirn, weiche, hängende Wangen und einen nassen, formlosen Schlitz von Mund, der gewöhnlich offen hing. Wie ich mußte er sich zweimal täglich rasieren, aber im Gegensatz zu mir tat er es nicht. Sein Haar, voller als meines und immer noch von einem dunklen, glanzlosen Braun, fiel in ziemlich langen, leicht gekräuselten Strähnen wie eine Perücke um die Kuppel seines Schädels, so daß er manchmal wie ein Opernbassist in mittleren Jahren aussah. Wenn er Luft holte, hatte man den Eindruck, er werde gleich ein orgelartiges Donnern loslassen; und seine Stimme war tatsächlich laut genug dafür, aber nicht so musikalisch. Es war schwer zu glauben, daß wir einander in jungen Jahren ähnlich gesehen hatten; wahrscheinlich taten wir das sogar jetzt noch, sofern ein dünner Mann einem dicken ähnlich sehen kann. Ich schaute schon lange nicht mehr in den Spiegel, nicht einmal beim Rasieren. Keiner von uns hatte viel von unserem Vater, der auch groß gewesen war, aber feinknochig und elegant und blaß wie Elfenbein, obwohl man mir vor vielen Jahren gesagt hatte, ich sei sein Ebenbild.

»Das Leben hat uns einfach in verschiedene Richtungen geführt, dich und mich«, fuhr Otto fort. Ich bemerkte, daß unter seinen Hosenbeinen ein gestreifter Pyjama hervorlugte. Das mußte seine Trauerkleidung gewesen sein. »Du erinnerst dich doch noch an die Geschichte, die Vater immer erzählt hat, die Geschichte von den zwei Vögeln auf dem Baum, von denen einer an den Früchten pickt, während der andere zusieht und nichts frißt? Irgendeine Hindu-Geschichte. Du bist der, der zusieht, und ich bin der, der frißt. Ich esse und trinke in einem fort. Ich versuche die Welt zu verschlucken. Kein Wunder, daß Isabel mich für einen gefräßigen Hanswurst hält. Hat sie sich bei dir beschwert?«

»Nein«, sagte ich, »natürlich nicht.« Es irritierte mich, daß er die Geschichte von den Vögeln erwähnt hatte. Ich erinnerte mich, wie mein Vater sie erzählt hatte, aber ich konnte mich nicht mehr an ihre Bedeutung erinnern.

»Wahrscheinlich doch. Mein Gott, wenn Sarkasmus und kühle Ironie Gründe für eine Scheidung wären, hätte ich Isabel schon vor langem entrinnen können! Na ja, sie kann sich über Schlimmeres beklagen. Sie findet mich abstoßend. Ich bin abstoßend!«

Ich wollte nicht näher darauf eingehen. »Übrigens, ich habe etliche gute Druckstöcke aus Buchsbaumholz in Vaters Zimmer entdeckt. Könnte ich die wohl haben, wenn du sie nicht brauchst?«

»Aber ja, nimm sie, nimm sie. Aber wahrscheinlich sind sie ein bißchen rissig, sie liegen schon seit einer Ewigkeit dort. Isabel hat schon vor Jahren dafür gesorgt, daß ich keine Holzschnitte mehr mache. Sie sagt, Holzschneider würden alles so verkleinern, als ob man durchs falsche Ende eines Fernglases schaue. Verwinzigen nannte sie es. Aber genau das tut *sie.* Wie recht du gehabt hast, daß du nicht geheiratet hast!« Alles führte zurück zu Isabel.

»Es hat auch Nachteile!« Ich fuhr mir mit der Hand über die Lippen. Otto ist ein feuchtlippiger Mann. Ich bin ein trockenlippiger Mann.

»Nur sehr fleischliche. Die geistigen Nachteile einer Ehe sind erdrückend. Aus mir hätte ein guter Mann werden können, wenn ich nicht geheiratet hätte. Manchmal denke ich mir, daß Frauen wirklich der Ursprung alles Bösen sind. Sie sind solche Träumer. Sünde ist eine Art Unbewußtsein, ein Nichtwissen. Frauen sind so, genau wie der Suff. Erinnerst du dich an diese träumende Eva in Autun, diese träumende, schwimmende, versonnene Eva von Gislebertus? Ach, wenn ich je so etwas zustandegebracht hätte – aber ich bin für weiter nichts gut als für Provinzgrabsteine.« Er zupfte mit seiner großen, schmutzigen Hand einen blühenden Thymianzweig aus dem Grünzeug und klatschte ihn auf den Käse.

»Du hast ein paar sehr schöne Sachen gemacht«, sagte ich, »und du wirst wieder welche machen.«

»Nein, nein, Ed. Mit mir ist es vorbei. Wenn du nur wüßtest, was für ein heilloses Schlamassel mein Leben ist. Und es ist nicht Isabels Schuld, es ist meine Schuld, ganz allein meine Schuld. *Mea maxima culpa*. Und nichts kann diese Schuld tilgen. Dabei kann ich nicht einmal richtiges Bedauern deswegen empfinden. Ich bin in einer Maschinerie gefangen. Das Böse ist eine Art Maschinerie. Und ein Teil davon ist, daß man nicht einmal wirklich leiden kann, man genießt sein Leiden. Sogar der Begriff Strafe wird verfälscht. Es gibt keine Buße, weil dieses ganze Leiden ein Trost ist. Was man will, ist nicht Leiden, sondern Wahrheit: Und das wäre eine Art von Leiden, die man sich nicht einmal vorstellen kann. Das habe ich vorher gemeint, als ich davon redete, mit dem Trinken aufzuhören. Wenn ich völlig sachlich und ehrlich betrachten könnte, was ich bin, selbst wenn ich weitermachen würde wie bisher, wäre ich ein unendlich besserer Mensch. Aber ich kann nicht.«

Otto war eindeutig immer noch betrunken. Aber mich berührte in seinen Worten ein fernes Echo meines Vaters. Mein Vater war ein *philosophe manqué* gewesen. Auch Otto hatte sein Labyrinth, seine metaphysische Folterkammer. Ja, auch ich hatte meine. Ich verstand Otto vollkommen.

Ich sagte: »Die Arbeit ist etwas Einfaches und Schlichtes, das uns keiner nehmen kann.«

»Jetzt hast du dich angehört wie früher Vater.«

Ein altes Gefühl der Zuneigung für Otto rührte sich in mir. Mit einer Art Schrecken schaute ich auf meine Uhr. Ich wollte gehen, jetzt gleich, und ich wollte nicht bedauern, daß ich ging. Ich sagte: »Sieh mal, Otto, ich will dich nicht drängen. Aber ich muß diesen Zug erreichen. Hat Lydia ein Testament hinterlassen?«

Otto starrte mich mit weit aufgerissenem Mund und blutunterlaufenen runden Augen an. Dann sagte er leise: »Die arme Lydia ist gerade erst gestorben, und du schaust auf die Uhr und redest von Testamenten.« In solchen Augenblicken konnte Otto einem angst machen. Ich bezwang ein unwillkürliches Zurückweichen. Dann quollen plötzlich Tränen aus seinen Augen, und er legte seinen großen Kopf in die Hände. Sein Nacken lief rot an.

Ich war bewegt, mehr aus einer Art Mitleid als aus sonst einem Grund, aber ich blieb kühl. Schließlich war ich derjenige, der zusah. Ich setzte mich auf einen Block aus Portland-Stein. »Tut mir leid«, sagte ich. »Ich werde auf meine Weise trauern. Ich bin keiner, der öffentlich trauert.«

Otto zeigte ein nasses, hochrotes Gesicht. »Ich weiß, ich weiß. Du bist ein Verschlossener. Du wirst das mit dir allein ausmachen. Aber mir fehlt sie einfach.« Die Tränen kamen wieder.

Ich konnte das kaum ertragen. »Bitte, bitte, Otto. Und mach dir keine Gedanken wegen des Testaments und so weiter. Ich hätte nicht davon reden sollen. Ich werde schreiben. Ich geh' jetzt lieber und packe meine Sachen.« Auf seltsame und schreckliche Weise fehlte sie mir auch. Aber ich hatte die eiserne Absicht, meinen Schmerz hinauszuschieben, bis ich wieder in meinen eigenen vier Wänden war und die Sache wirklich ›mit mir allein ausmachen‹ konnte. Hier war es irgendwie zu gefährlich. Ich wollte nicht ein letztes Mal vom Schatten Lydias angesteckt werden.

»Schon gut«, sagte Otto. Er wischte sich mit einem der Lappen, mit dem er seine Meißel reinigte, übers Gesicht. »Wir können genausogut jetzt darüber reden. Ich habe das Testament noch nicht gefunden. Das heißt, Isabel hat es noch nicht gefunden, und sie begann schon danach zu suchen, als Lydia ihren ersten Schlaganfall hatte. Vielleicht gibt's gar keines.«

»Das würde Lydia nicht ähnlich sehen, kein Testament zu machen. Es wird schon noch auftauchen. Wahrscheinlich ist es irgendwo in ihrem Schlafzimmer.«

»Ja, vielleicht. Wahrscheinlich hat sie den Besitz sowieso einfach zwischen uns aufgeteilt. Es sollte keine Probleme geben. Ich gebe dir den Gegenwert für das halbe Haus.«

»Ich halte es eher für wahrscheinlich«, sagte ich, »daß sie alles dir vermacht hat und mich leer ausgehen läßt.«

»Ich weiß nicht«, sagte Otto. »Wir haben eine ganze Menge miteinander gestritten in den letzten Jahren, sie und ich. Du warst ja hinter den sieben Bergen. Es ist genauso gut möglich, daß sie alles dir vermacht hat und *mich* leer ausgehen läßt. Das würde ihrem Sinn für Humor entsprechen!« Er ließ sein donnerndes Lachen erdröhnen und stopfte sich dabei die letzte Handvoll Minze und Löwenzahn in den Mund.

»Sollte sie das getan haben«, sagte ich, »werde ich natürlich mit dir teilen.«

»Na gut, ich mach's genauso, wenn ich alles kriege.«

Mir kam der Gedanke, daß dieses Arrangement Otto gegenüber ein bißchen unfair war, denn es war doch wesentlich wahrscheinlicher, daß er der einzige Erbe sein würde, sollte es nur einen geben. Und schließlich hatte er es all diese Jahre mit Lydia aushalten müssen. Aber ich beschloß, darüber erst dann mit ihm zu reden, wenn der Zeitpunkt gekommen wäre.

»Danke, Otto. Für Maggie wird sie wohl gesorgt haben?«

»Das nehme ich an. Wenn nicht, werden wir es tun.«

»Wird Maggie hierbleiben?«

»Natürlich«, sagte Otto leise überrascht. »Wo sollte sie denn hin? Hier ist ihr Zuhause. Sie war seit Jahren nicht mehr in Italien.«

Leise Schritte wurden hörbar, und eine Gestalt trat hinter einem Grabstein hervor. Es war Levkin, der mit einem Tablett kam. Ich hatte das Öffnen der Außentür nicht gehört, und mir kam der Gedanke, daß er sich vielleicht schon einige Zeit hinter den Steinen versteckt und unser Gespräch belauscht hatte. Ich traute keinem von Ottos Burschen.

Der Junge ging zu Otto hinüber, der ihm seinen Teller und die fettigen Reste seines Mahles mit der Sanftmut eines kleinen Jungen reichte, der seinem Kindermädchen gehorcht. Levkin stellte alles ordentlich auf das Tablett. Er warf mir einen schelmischen Blick zu, reckte den langen Hals wie ein Tier und spitzte unverschämt die vollen Lippen. Das ziemlich lange braune Haar fiel ihm über die Augen, als er sich vorbeugte und flink die Brösel und Käsereste von Ottos Jacke bürstete, die sich wie eine Milchstraße über seine Brust zogen. Dann wischte er mit dem Finger einen Klecks Butter von Ottos Wange, balancierte das Tablett mühelos auf einer Hand und stand federnd Habtacht. »Und wenn ich zurückkomme, Mylord Otto, machen wir uns an die Arbeit, ja?«

»Ja, David«, sagte Otto. Mit einem Grunzen und Rülpsen stemmte er sich gehorsam hoch, während der Junge mit einem weiteren belustigten Blick auf mich zwischen den Steinen verschwand.

Ich war irritiert. »Warum läßt du dich so idiotisch von ihm anreden?«

Otto nahm nachdenklich einen schweren Holzhammer auf und wiegte ihn in der Hand. »Er ist ein guter Junge. Und ich glaube, er mag mich.« Otto sagte das von allen seinen Lehrlingen, gewöhnlich trotz schlagender Beweise für das Gegenteil in beiderlei Hinsicht.

Ich zuckte die Achseln. Es war Zeit, Otto und seine Probleme hinter mir zu lassen. »Ja also, ich geh' dann –«

Otto trottete hinter mir her. Wir kletterten über eine kleine Vorstadt aus Marmorblöcken und öffneten die Tür. Im Atelier war es kühl und grau gewesen von dem klaren Nordlicht, das von oben einfiel. Vor der Tür umfing uns der feuchte, sonnige Dschungel eines englischen Sommers. Hinter einer Ecke des Hauses, wo der wilde Wein sich wie ein Scherenschnitt aus hellgrünem Buntpapier von dem schwärzlich-roten Backstein abhob, sah man ein Rasendreieck, das fast golden schimmerte in der Sonne. Inmitten dieses goldenen Schimmerns stand Flora, als warte sie. Sie hatte ihren Sonnenhut aufgesetzt, und das blaue Band war unter ihrem Kinn zu einer großen Masche gebunden. Als die Ateliertür aufging, drehte sie sich um und tauchte langsam in den grünen Schatten am Waldrand ein. Schweigend betrachteten wir einen Augenblick die Nymphe.

»Unschuld, Unschuld«, sagte Otto. »Gut zu sein, heißt, sie nie zu verlieren. Wie nimmt das Böse in einem Leben seinen Anfang? Wie *kann* es seinen Anfang nehmen? Wir waren doch auch einmal so –«

5 *Flora und die Erfahrung*

»Onkel Edmund, könnte ich dich einen Augenblick sprechen?«

Ich hatte Otto im Atelier zurückgelassen und überquerte den Rasen. Ich wollte Flora eigentlich nur kurz zuwinken, um sie nicht in ihrer sommerlichen Einsamkeit zu stören, und meinen Koffer packen gehen. Abschiedsszenen konnten warten, bis das Taxi da war, dann würden sie kurz sein müssen. Aber als Flora mich auftauchen sah, kam sie schnurstracks auf mich zu, und es war unmöglich, ihr auszuweichen.

»Hallo, Flora. Wie lange wir uns nicht mehr gesehen haben. Du solltest jetzt wohl ›Edmund‹ zu mir sagen, wo du schon so erwachsen bist.«

Ich fühlte mich ihr gegenüber ein wenig befangen. Sie war nicht mehr das kleine Mädchen, das ich gekannt hatte, aber Frau war sie auch noch keine. Sie kam mir wie eine kleine, alterslose Waldnymphe vor, irgendein anmutiger Kobold aus einem italienischen Gemälde, zu geschmeidig, zu schlank, zu leuchtend, um wirklich aus Fleisch und Blut zu sein. Ich sah sie, wie Otto sie gesehen hatte, von Unschuld umstrahlt, und meine Zunge war wie gelähmt.

»Du bist noch nicht beim Bach gewesen«, sagte Flora. »Es ist jetzt ganz anders dort. Komm und sieh's dir an.«

»Ich habe nicht viel Zeit. Aber ein Stück kann ich ja mitkommen.« Es wäre grob gewesen, nein zu sagen.

Im Gehen hörte ich aus Isabels offenem Fenster wieder die traurige Musik von Sibelius. Isabel war in ihren ›feurigen

Mantel‹ gehüllt. Ich fragte mich, ob sie uns in diesem Moment beobachtete.

Die Bäume am Wiesenrand waren Nadelbäume und Birken, sehr hohe Birken mit langen, nackten, silbrigen Stämmen und hohem, fedrigem Blattwerk; sie hatten mehr Ähnlichkeit mit Eukalyptusbäumen als mit den artigen Birken im Süden. Wo der Bach heraustrat und über eine kurze Strecke den Rasen säumte, standen die Bäume weiter auseinander und bildeten einen Bogen, durch den der Bambus schimmerte, in dem sich der von der Sonne goldgrün gesprenkelte Wasserlauf verlor. Es war ein üppiger Miniaturdschungel, eine Szenerie, die das Auge eines Henri Rousseau entzückt hätte; sie nahm mir trotz all meiner Sorgen, trotz allem aufgeschobenem Schmerz für einen Augenblick fast den Atem, und ich konnte einfach nicht umhin, in dem fernen Muster von scharfen Bambusblättern, gerahmt von den Säulen der Birken, ein prachtvolles Sujet für einen Holzschnitt zu sehen. Natürlich hatte ich dieses Thema schon behandelt; aber wie Flora gesagt hatte, die Szenerie hatte sich verändert. Wir begannen den Weg am Bachrand entlangzugehen.

Die Birken und Nadelbäume hatten sich hier auf die Anhöhe zurückgezogen, Bambus säumte an ihrer Stelle das Wasser, und die Hänge waren in ein buschiges Dickicht von Kamelien gehüllt. Der Bambus war bis in den Bach hinein vorgedrungen, die kräftigen, geraden Stengel ragten in Gruppen aus dem Wasser, das sich schwarzbraun über ein Geröll von runden, grauen Steinen durch das sonnendurchschimmerte Gewölbe schlängelte. In der Ferne murmelte der Wasserfall. Der Weg verschwand unter einer üppigen Mischung wilder Blumen und Gräser, die ihn vom Ufer her überwucherten und fast unbegehbar machten. Das bunte Gewirr von Feuer- und Kuckucksnelken wich dornigem Gestrüpp und Geißfußstauden, während Flora, die in dem grünen Dämmerlicht vor mir herging, entschlossen tiefer vordrang.

Die außergewöhnliche Schönheit der Landschaft versetzte mich im Nu in Verzückung. Ich hatte immer schon diese Eigenart, mich vom unvermuteten Zauber der sichtbaren Welt so gefangennehmen zu lassen, daß ich mich selbst und meine Pläne angesichts der alles überstrahlenden Form und Wirklichkeit eines besonderen Anblicks völlig vergaß. Schönheit bewirkt solches Selbst-Vergessen. Trotz alledem sah ich Flora ganz deutlich, sah, daß ihr Kleid mit dem weiten Rock nicht weiß war, wie ich vorhin gemeint hatte, sondern von einem sehr blassen Blau, mit einem Muster aus kleinen, schwarzen Blütenzweigen. Ihr schweres, dichtes, glattes Haar, immer noch offen, schwang wie ein Umhang um ihre Schultern, und wenn sie sich dann und wann bückte, um einen hängengebliebenen Zweig von ihrem Kleid zu lösen, sah ich ihr Profil, ihre blasse, sommersprossige Wange und die kräftige, leicht aufwärtsgebogene Nase. Der vorgewölbte Mund mit der kurzen Oberlippe erinnerte an meine Mutter. Aber Floras Gesicht war größer, die Züge jetzt schon schwerer und – wie mir plötzlich klar wurde – moderner. Ich hatte den Eindruck, daß sie auch größer sein mußte als Lydia oder Isabel. Und da erschien sie mir plötzlich weniger wie Alice im Wunderland, sondern mehr wie ein einfaches, unverfälschtes Bauernmädchen auf dem Gemälde eines biederen, wenig ehrgeizigen Malers der Jahrhundertwende. Es war etwas Schlichtes an ihr, etwas gewissermaßen unverschämt Hübsches.

Eine große Brennessel, die leicht, wie beiläufig, meinen Handrücken streifte und kleine, fein verstreute Bläschen darauf zurückließ, die wie glühende Nadelstiche brannten, brachte mich wieder zur Besinnung. Ich stieß einen kleinen Schrei aus, dann rief ich Flora zu: »Warte, laß mich vorgehen. Wo hab' ich nur meinen Kopf? Die Dornen und Brennesseln müssen dich ja umbringen. Oder sollten wir nicht überhaupt umkehren?«

Ich hatte mehr oder minder unbewußt angenommen, daß das Kind mich irgendwohin führte. Vielleicht zu dem Wasserfall am Ende des Weges und dem großen, schwarzen Tümpel, in den er fiel; ein schöner Anblick, ich hatte ihn oft gemalt und in Holz geschnitten, aber es war mir nie mehr als ein Pasticcio im Stil des achtzehnten Jahrhunderts gelungen. Vielleicht lebte der Wasserfall wirklich in der Vergangenheit. Aber der Weg war jetzt so dicht von Unkraut verwachsen, daß ein Weitergehen sinnlos schien. Mein Jackett war voller Kletten und kleiner grüner Klebkrautkügelchen, und ich sah Flora vorsichtig ihren Rock von einem Dornenzweig lösen. »Gehen wir lieber zurück, hm? Ich bin froh, daß ich es gesehen habe. Es ist hübscher denn je. Machen wir hier kehrt, und ich geh' voran.«

»Es wird gleich leichter. Wir können unter den Kamelien weitergehen.«

Ich sah ziemlich beunruhigt auf meine Uhr. Natürlich konnte ich mit einem späteren Zug fahren. Als ich wieder aufblickte, war sie verschwunden. Der Ort übte irgendeinen sanften Zwang auf mich aus, und ich folgte ihr. Im nächsten Augenblick war das grüne Dickicht weg, und ich hatte nackte, dunkelbraune Erde unter den Füßen.

Die Kamelien, von strengen Winterwinden gezüchtigt, duckten sich an die Hänge, hie und da zur Höhe eines Baumes aufragend, ihre Zweige und die glänzenden, dunkelgrünen Blätter verflochten und verschlangen sich zu einem dichten Gewölbe, unter dem man in gebückter Haltung wie durch eine Reihe miteinander verbundener Höhlen ohne weiteres durchschlüpfen konnte; und nun sah ich Floras helles Kleid vor mir auftauchen und wieder verschwinden, als sie unter dem niedrigen Dach vor mir herlief. Von irgendeiner Erregung gepackt, begann ich auch zu laufen, tief geduckt, um mir den Kopf nicht an den Zweigen zu stoßen, und plötzlich leuchtete vorne die Sonne auf.

Als ich heraustrat, saß Flora schon auf der Bank, hatte die Schuhe ausgezogen und die nackten Füße im Wasser. Ich war atemlos, aber sie machte ein Gesicht, als wäre sie schon den ganzen Vormittag da gesessen. Sie zog sich den Rock über die Knie und sah ernst zu mir auf.

Mein Herz klopfte heftig nach dem geduckten Lauf. Ich habe überhaupt keine Kondition mehr, dachte ich, als ich mich neben sie setzte. Hier war das Rauschen des Wasserfalls weniger laut, eine zarte Musik, die uns wie eine Muschel umgab, in der die Szene zu schweben schien - losgelöst, vollkommen. Der Wasserfall war nicht groß, aber er war im Verhältnis zu dem Tümpel so gut proportioniert, daß er sich den gewöhnlichen Dimensionen realer Abmessungen zu entziehen schien und eher etwas von der Unmeßbarkeit der Kunst an sich hatte. Er fiel von einem Felsvorsprung in den runden, schwarzen Tümpel und schien durch einen braun aufschäumenden Ring direkt in die Tiefe hinabzutauchen, so wenig war die schimmernde schwarze Wasserfläche rundherum aufgerührt. Oberhalb des Felsens verschwand der Wasserlauf in einer grünen, von Heidemyrte und Weidenröschen überwachsenen Schlucht, die sich weiter oben auf eine birkenumstandene Lichtung öffnete. Die Sonne schien auf den Tümpel, aber kalt, aus einem klaren, blassen, nördlichen Himmel. Ich blickte hinauf und war geblendet. Dann blickte ich hinunter. Floras Füße in dem dunklen Wasser waren fast nicht zu sehen. Ihre nackten Knie glänzten zwiebackbraun.

Es war leicht zu erraten, daß dieser Platz der geheime Schlupfwinkel des Kindes war. Daß Isabel sich mit ihren hochhackigen Schuhen durchs Dornengestrüpp kämpfte, konnte ich mir nicht vorstellen, und auch den großen, massigen Otto sah ich nicht unter den geduckten Kamelien durchkriechen. Nicht mal als Kind war Otto besonders oft zum Wasserfall gegangen. Es war mein Platz gewesen. Jetzt gehörte er Flora.

Ich rieb mir die Hand mit einem Ampferblatt, bis sie ganz grün war. Flora pflückte am Ufer weiße Gänseblümchen und legte sie sich in den Schoß. Ein hübsches Bild zum Mit-nach-Hause-Nehmen, dachte ich. Ich schaute auf die Uhr. Dann richtete ich den Blick wieder auf Flora, auf dieses glatte, noch von nichts gezeichnete Jungmädchengesicht; und da sah ich, daß sie zu weinen anfing.

Einen Augenblick war ich überrascht, im nächsten rügte ich mich selbst. Schließlich hatte sie ihre Großmutter geliebt. Sollte ich nicht eigentlich auch auf diese schlichte Weise trauern? Ottos Bemerkung, daß ich es ›mit mir allein ausmachen‹ würde, klang mir immer noch wie ein Vorwurf in den Ohren. »Sei nicht traurig, Flora«, sagte ich zu ihr. Natürlich mußte sie traurig sein. Aber ›Wir sind alle sterblich‹ oder ›Du wirst sie bald vergessen‹ kann man zu einem Kind nicht sagen, obwohl beides wahr ist.

Flora schüttelte heftig den Kopf, die Tränen spritzten von ihren Wangen. Sie starrte auf die Mitte des Tümpels.

»Das ist es nicht.«

»Was ist es dann?«

Sie wandte mir ihr Gesicht zu. Es war schnell naß und rot geworden. Als hätte sie sich eine andere Maske aufgestülpt. Bestürzt betrachtete ich die gerunzelte Stirn und die blutunterlaufenen Augen. »Onkel Edmund, willst du diesen Zug wirklich erreichen?«

»Edmund.«

»Edmund.«

»Ja, Flora. Oder meinetwegen den nächsten. Aber ich habe dich gefragt, was los ist. Ist es Lydia?«

Der Wasserfall umhüllte unsere Stimmen mit seinem leisen Murmeln und gab der Szene etwas Vertrauliches.

»Ich habe doch nein gesagt. Ich möchte, daß du hierbleibst und etwas für mich tust.« Sie hatte zu weinen aufgehört und wischte sich mit dem Handrücken übers Gesicht. Feuchtdunkle Haarsträhnen klebten an ihrem Hals.

»Was ist los?« Der wilde Ausdruck auf ihrem Gesicht und die Abgelegenheit des Ortes beunruhigten mich.

Dann sagte Flora etwas, was ich nicht ganz verstand oder,

besser gesagt, nur so halb verstand und nicht glauben konnte. »Was?«

»*Ich bin schwanger.*«

Ich starrte sie an. Es war nicht möglich. Dann spürte ich, wie mir das Blut ins Gesicht schoß, als hätte man mir ein warmes Tuch um den Kopf gewickelt. Bestürzung, Scham und ein obskures, heftiges Gefühl von Schmerz trieben mir die Röte ins Gesicht. »*Nein.*«

»Ich fürchte doch, Edmund.« Flora war jetzt kühler. Sie rieb sich sanft mit beiden Händen das Gesicht, wie um es zu formen, und ihre Finger hinterließen lange, grüne Streifen darauf. Sie schaute hinunter auf ihre dunkelbraunen Füße im Wasser. »Und du mußt mir helfen. Du mußt einfach. Du bist der einzige, der in Frage kommt. Bist du sehr schockiert?«

»Nein, natürlich nicht«, sagte ich. Aber ich war schockiert und entsetzt bis ins Innerste. Ich konnte ein Zittern kaum unterdrücken.

»Ich glaube, du bist doch schockiert. Vater sagt, du bist ein bißchen ein Puritaner.«

Das ärgerte und ernüchterte mich. »Bist du denn sicher? Man kann sich irren –«

»Ich bin jetzt ganz sicher.«

»Wer ist es? Wer hat es getan?« Ich merkte, daß ich die Fäuste ballte.

»Das spielt keine Rolle«, sagte Flora. »Ein Junge im College. Er heißt – Charlie Hopgood. Aber er ist nicht wichtig.«

»Das denke ich aber doch, daß er wichtig ist! Hast du es deinen Eltern gesagt?«

»Drangsalier' mich doch nicht so, Edmund. Nein, hab' ich nicht. Natürlich nicht. Ich habe es nur dir gesagt.«

Ich versuchte, mich zu beruhigen, sie sollte nicht den Eindruck haben, daß ich sie einschüchtern wollte. Aber ich war noch ganz benommen von dem Schock. »Aber dieser Hopgood weiß es doch wohl?«

»Nein, ja. Er ist sowieso weg. Er zählt nicht. Vergiß ihn. Ich muß allein damit fertigwerden.«

»Flora, Flora, ich glaube doch, du solltest es deinen Eltern sagen.«

»Red doch keinen Unsinn!« Die Tränen schienen ihr plötzlich aus den Augen zu spritzen, fielen auf ihr Kleid und auf meine grüne Hand. »Du kennst doch meinen Vater. Er würde irgendwen dafür umbringen wollen. Und Mutter ist zu nichts nutze. Ach Gott, warum habe ich es dir nur gesagt!«

»Tut mir leid, Kind. Beruhige dich bitte. Ich werde versuchen, dich zu verstehen. Liebst du denn diesen Mann? Würdest du ihn heiraten wollen?«

»*Nein!* Ich habe dir doch gesagt, er zählt nicht. Was ich dir sagen will, ist, daß ich in Schwierigkeiten bin und daß du mir helfen mußt. Sonst bringe ich mich um. Ich kann nicht schwimmen. Ich werde mich in diesem Tümpel da ertränken.« Sie schleuderte die kleine Handvoll Gänseblümchen auf den glatten, schwarzen Wasserspiegel.

»Sag so was nicht! Was kann ich tun, Flora? Wäre es nicht besser, ehrlich zu sein und –«

»Du kannst mir im Süden einen Arzt besorgen, der die Operation macht, und du kannst mir das Geld dafür borgen.« Sie sagte es heftig und kalt und wischte sich dabei die Tränen weg. Dann zog sie die Füße aus dem Wasser und begann sie im langen Gras abzutrocknen. Ich sah ihre glatten, braunen Beine, und sie kam mir völlig verwandelt vor.

Aufs höchste erregt stand ich auf. Ich empfand so viel Entsetzen und instinktiven Abscheu angesichts ihrer Schwangerschaft, als hätte sie mir gesagt, daß sie unter irgendeiner scheußlichen Krankheit litt. Darunter mischte sich ein Gefühl moralischer Übelkeit, das sowohl ihrem Zustand als auch der vorgeschlagenen Abhilfe galt. Und irgendwo war da auch der starke Wunsch, Mr. Hopgood zu finden und ihn rasch zu töten. Ich versuchte mich auf ihre letzten Worte zu konzentrieren.

Ich habe sehr strenge Prinzipien, was das Thema Abtreibung betrifft. Es kommt mir unmöglich vor, die Tatsache zu beschönigen, daß eine Abtreibung ein Mord ist, der ein unschuldiges Leben beendet. Wie sollte ich diese Ansicht einem verzweifelten jungen Wesen nahebringen, das mir vertraute und mich um eine so schreckliche Hilfe gebeten hatte? Aber es war meine Pflicht, es zu versuchen.

»Das darfst du nicht tun, Flora«, sagte ich. »Du darfst das Kind nicht töten.«

»Ihr wißt nicht, wie das ist, ihr Männer«, sagte sie leise und starrte auf die schwimmenden Blumen. »Ich habe dieses Ding in mir, wie ein Monster, das wächst und immerzu wächst. Ich hasse es, ich hasse es. Würde es geboren werden, würde ich es töten. Warum soll ich mein ganzes Leben ruinieren, wo es doch gerade erst anfängt? Wer würde mich schon wollen mit einem unehelichen Balg am Rockzipfel? Ich bin jung. Ich will meine Jugend haben und meine Freiheit. Ich will jetzt kein Kind, und auf keinen Fall will ich dieses schreckliche, schreckliche Ding. Ach – du verstehst das nicht.« Sie bedeckte ihr Gesicht.

Ich sagte geduldig: »Das Kind ist nicht daran schuld, Flora. Es ist unschuldig. Es könnte ein wunderbares Kind sein, und du würdest es lieben. Denk doch, auch wenn es jetzt noch so ein winziges Ding ist, es ist ein menschliches Individuum mit allen ererbten Anlagen, mit seinem ganzen eigenen Schicksal. Du würdest ein ganzes menschliches Leben zerstören. Und überleg einmal, wenn du später andere Kinder hättest, würdest du dann nicht um dieses eine trauern und dich fragen, was aus ihm geworden wäre?« Ich verspürte ein heftiges, leidenschaftliches Verlangen, das schutzlose Ding zu retten: Die ganze Unschuld und Reinheit, die Otto und ich wie einen Heiligenschein um Flora gesehen hatten, war auf dieses stecknadelkopfgroße Lebewesen zusammengeschrumpft.

»Versuch nicht, mich weichzuklopfen«, sagte sie zornig. »Wenn du mir nicht helfen willst, dann geh. Geh und schau, daß du deinen blöden Zug noch kriegst.« Sie erhob sich, müde, schwerfällig, als hätte sie bereits das Gewicht des Kindes zu tragen.

»Wie lange ist es her?«

»Neun Wochen. Und ich bin ganz sicher. Ich habe einen Test gemacht. Also dann, leb wohl, Onkel Edmund. Ich wünsche dir eine gute Reise. Tut mir leid, daß ich dich belästigt habe.« Sie strich sich das Kleid glatt. »Du wirst es ihnen doch nicht sagen?«

»Ach Flora, Flora –« Der erste Schock schien sich gelegt zu haben, das Entsetzen war abgeflaut, und ich verspürte nur noch den quälenden Wunsch, dem Kind zu helfen, mich um sie zu kümmern. Es war ganz klar, daß ich jetzt nicht mit diesem Zug fahren konnte. Ich würde bleiben müssen. »Wir müssen noch einmal darüber reden, Flora, wenn ich Zeit zum Nachdenken gehabt habe. Ich will dir auf jeden Fall helfen. Natürlich werde ich bleiben. Und natürlich werde ich es ihnen nicht sagen.«

Sie betrachtete mich hoffnungsvoller. Langsam gingen wir auf das schimmernde Gewölbe der Kamelien zu. »Danke, Edmund. Ich glaube, ich werde mich jetzt etwas hinlegen. Ich bin froh, daß ich es dir gesagt habe. Wir werden uns bis morgen nicht sehen, und ich werde inzwischen auch darüber nachdenken. Komm doch in der Früh zu mir. Wir könnten in meinem Zimmer frühstücken. Um acht. Ich frühstücke immer dort. Was ißt du zum Frühstück?«

»Irgendwas, Flora. Obst. Irgendwas. Ja, treffen wir uns morgen. Und versprich mir, daß du nichts Dummes tust.«

»Ich denke, ich werde tun, was du sagst«, meinte sie. »Nur um Himmels willen, laß mich nicht im Stich.« Sie wandte mir ihr von Tränenschlieren verschmiertes Kindergesicht voll zu, dann duckte sie sich unter die Blätter.

Langsam kletterte ich unter den niedrigen Zweigen hinter ihr her. Als das Rauschen des Wasserfalls zu einem Murmeln verklang, war mir, als wäre ich soeben einem Sturm entronnen. Mit eingezogenem Kopf folgte ich dem Flattern von Floras blaßblauem Kleid, und ich kam mir vor wie ein Mann unter einem Joch. Vielleicht blieb mir nichts anderes übrig, als die Rolle zu spielen, die Isabel mir zugedacht hatte. Ich fragte mich, ob ich mich dieser Rolle würdig erweisen würde.

6 *Das magische Bordell*

Eine große, düstere Frau wiegte ein Mädchen auf den Knien. Die Gestalten waren geheimnisvoll ineinander verschlungen, die Knie unter den Falten des weiten Rocks schienen einmal zur einen, dann zur anderen zu gehören. Kräftige Arme streckten sich nach mir aus, und ich wich zurück.

Ich erwachte abrupt und setzte mich horchend auf. Irgend etwas ganz Bestimmtes hatte mich geweckt. Ein schwacher Lichtschimmer erfüllte den Raum, das erste Licht des Morgens. Ich saß steif da wie eine zum Leben erweckte Leiche und starrte auf das fremde Fenster, während mein Herz raste, vielleicht von dem Traum oder vielleicht von dem unbekannten Etwas, das mich aus dem Schlaf gestört hatte. Dann erkannte ich langsam durch das schwache, graue Dunkel hindurch den Raum, mir fiel wieder ein, wo ich war, und ich empfand Widerwillen, ja fast Grauen darüber, daß ich immer noch in diesem Haus war. Ich schob die Decke weg und setzte mich auf den Bettrand.

Ich wollte schon das Licht andrehen, doch dann besann ich mich anders. Ich hatte ein Geräusch gehört, an das ich mich zu erinnern versuchte, aber mein schlaftrunkenes Bewußtsein gab mir keine Antwort. Vielleicht hatte sich ein Tier in den Raum verirrt, vielleicht hatte in der Nähe jemand gesprochen oder gerufen. Es schien töricht, das Licht nicht anzudrehen, das Halbdunkel war geradezu die Verkörperung meiner Angst. Aber irgendein Instinkt riet mir, mich zu verstecken, als hätte das unbekannte Etwas mich noch nicht bemerkt. Leise erhob ich mich und horchte wieder. Das Haus um mich lag sehr still und dennoch lebendig da, als atme es sanft mit den Atemzügen schlafender Frauen. Schlotternd schlich ich zu dem weit offenen Fenster. Das schwache Morgenlicht, kaum heller als die Finsternis, zeigte nur die Umrisse der Birken. Der Mond war untergegangen. Der Garten nur ein verschwommener Fleck. Ich lehnte mich ein wenig aus dem Fenster und blickte in das verschwommene, von frischer, nebelfeuchter Luft erfüllte Grau, das meine Augen narrte.

Dann sah ich etwas auf dem Rasen. Etwas Leuchtendes, Farbiges erschien inmitten des Dämmergrau. Gebannt und von kalter Furcht erfüllt starrte ich auf die Erscheinung. Ich konnte nicht erkennen, was es war, ja nicht einmal genau, wo es war. Es konnte auf dem Boden sein oder in der Luft schweben. Es bewegte sich ein wenig, schien zurückzuweichen und verschwand. Dann kam ein Laut, ein sehr leiser Laut, eine Art Stöhnen oder Seufzen, das gedehnte ›Aaah –‹ eines Menschen, der sich alleine glaubt. Das farbige Etwas tauchte wieder auf, und jetzt sah ich, daß es der Lichtstrahl einer Taschenlampe war, der auf das Gras fiel. Daneben erkannte ich nach und nach die schattenhafte Gestalt einer Frau.

Mein erster verrückter Gedanke war, daß Lydia zum Haus zurückgekommen war. Dann dachte ich, es könnte Flora sein, Flora in Verzweiflung, Flora, die den Verstand verlor. Aber so undeutlich die Gestalt auch war, kaum körperhaft im Dämmerlicht, ich wußte doch, daß es nicht Flora war. Es war jemand anders, jemand, den ich nicht kannte. Wieder hörte ich das Seufzen, die feuchte, stille Luft trug es mir deutlich zu, ein wenig höher diesmal, ein wenig lauter: »Aaah« … Wer stand da allein und klagte vor dem finsteren Haus wie eine kleine Gestalt auf einem Schauerbild?

Ich verspürte die beunruhigende Gewißheit, daß ich der einzige Wachende in diesem Haus war. Ich war der einzige Zeuge. Ich war derjenige, der herbeigerufen wurde. Wie ein

Bote, den nur der von ihm Heimgesuchte sehen kann, war die Frau um meinetwillen gekommen. Ich zog mir Hose und Jakke über den Pyjama und schlüpfte in die Schuhe. Im Finsteren stieg ich die Treppe hinab und fummelte an der Kette vor der Eingangstür. Als ich die Tür leise öffnete, fühlte ich mich zugleich als Jäger und Gejagter. Zu meiner Beunruhigung und Erleichterung war die Gestalt noch da. Noch hätte ich mich davon überzeugen lassen, daß ich mir alles einbildete; aber vielleicht hätte es mich in noch größeren Schrecken versetzt, wenn sie für immer verschwunden wäre. Still stand ich im Schatten der Veranda. Der Himmel war jetzt heller.

Sie mußte das Klirren der Kette gehört haben, als ich die Tür öffnete. Sie stand jetzt, in einer Entfernung von rund hundert Metern, stiller als vorher; sie wußte, daß ich da war. Ich konnte ihr Gesicht nur als verwischten Fleck sehen. Mit vorsichtigen Schritten tappte ich über den weichen, von Unkraut durchwachsenen Kies, dann über das Gras. Ich zwang mich dazu, keinen Lärm zu machen, denn ich hatte Angst vor einem anderen Geräusch, Angst vielleicht vor einem Schrei, der das Haus hinter mir zum Leben erwecken würde, mit Lichtern und Gesichtern füllen. Die Frau rührte sich nicht, aber ich sah, daß sie mir entgegenblickte. Die Stille hielt an.

Als ich noch etwa zehn Meter von ihr entfernt war, blieb ich abermals stehen. Noch immer konnte ich ihr Gesicht nicht deutlich sehen, aber sie schien jung zu sein. Sie trug ein langes Kleid. Eine eigenartige Spannung verband unsere Körper. Mit seltsamer Erregung spürte ich ihre Angst, erwartete ihren Schrei, ihre Flucht. Ich wollte sie beruhigen, aber die Stille war wie ein Zauberbann, der nicht zu brechen war, und es bereitete mir ein sonderbares, schmachvolles Vergnügen, da vor ihr zu stehen, als wären wir beide nackt. Dann leuchtete sie mir mit der Taschenlampe voll ins Gesicht.

Ich schrie auf, trat aus dem Lichtkreis, und plötzlich war ich sehr dicht neben ihr. Die Taschenlampe ging aus, und ich sah, daß sie sich noch immer nicht gerührt hatte. Wie die verhüllte Statue eines Mädchens stand sie da – schemenhaft, wesenlos und schön. Ich mußte etwas sagen. »Was machen Sie hier?«

Ich sprach leise, aber es klang wie ein Donnern. Sie wartete, wie auf ein Echo. Dann sagte sie langsam: »Ich bin gekommen, um den Tanz der Würmer zu sehen.«

Ihre Stille und ihre seltsamen Worte gaben mir das Gefühl, als würde ich immer noch träumen. Sie sprach mit einem fremden Akzent. Ich bemerkte, daß das lange Gewand ein Nachthemd war.

Benommen, mit hängenden Armen, stand ich neben ihr, und nun sagte sie erklärend: »Sehen Sie, hier sind sie, so viele.«

Sie leuchtete mit der Taschenlampe auf den Boden. Der Rasen war bedeckt, übersät von zahllosen langen, glitzernden Würmern. Kreuz und quer lagen ihre rötlichen, feuchten Körper dicht nebeneinander in dem grünen, taufeuchten Gras. Die Wiese war voll von ihnen. Ihre langen, dünnen, durchscheinenden Körper dehnten und streckten sich aus den Löchern; und als die Taschenlampe sich auf sie richtete, der Lichtschein näherkam, zogen sie sich zusammen und huschten mit schlangenhafter Geschwindigkeit zurück in die Erde. Ich erinnerte mich jetzt an dieses Phänomen, das Otto in unserer Jugend sehr aufregend gefunden hatte. Das Licht verlosch.

»Ich hoffe, ich habe Sie nicht erschreckt«, sagte ich. »Ich bin Edmund Narraway. Und Sie – ach ja, Sie müssen –«

Dann sah ich, daß sie weg war. Sie war verschwunden, als hätte sie sich in das Gespinst von Morgenlicht gehüllt und wäre ebenso durchsichtig geworden wie dieses. Ich vermeinte ihre laufenden Füße zu hören. Wie ein Rasender begann ich hinter ihr herzurennen.

Als ich zu den schwach glühenden Birken kam und das Knistern meiner Schritte in den trockenen Blättern hörte, glaubte ich die fliehende Gestalt irgendwo vor mir zu sehen. Mit unheimlicher Plötzlichkeit tauchten die Umrisse des Sommerhauses zwischen den Bäumen auf, und ich hatte die Tür erreicht, fast ehe ich begriff, daß sie hineingegangen sein mußte, mich daran erinnerte, daß ich sie dabei gesehen oder zu sehen vermeint hatte. Wie ein Gehetzter stand ich vor der Tür. Ich war erregt und verblüfft über ihre plötzliche Flucht.

Die Tür gab ein wenig nach, dann kam ein Widerstand. Ich begriff mit einem fast körperlichen Schock, daß sie von der anderen Seite dagegendrücken mußte. Ich hielt inne, dann sagte ich leise: »Bitte, bitte, bitte.« Die Worte, wie ein Zauberspruch aus einem Märchen, schienen alles zu verwandeln und allem wieder seine menschliche Gestalt zu geben. Ich trat zurück, und der Druck von der anderen Seite ließ nach. Die Tür hing ungewiß zwischen uns, nicht mehr als eine einfache Tür, die geöffnet werden konnte, die Tür zu einer menschlichen Behausung. Dann ging drin ein Licht an, und die Bäume hinter mir tauchten in die Dunkelheit, als wäre die Nacht wiedergekehrt. Ich trat durch die Tür.

Das Sommerhaus war ursprünglich ein runder Bau gewesen, ein kleiner dorischer Tempel mit einer grünen Kuppel, innen nichts weiter als ein großer, leerer Raum. Aber spätere Umbauten hatten sein Inneres verändert: Es gab zwei Räume oben, und eine angebaute Küche unten. Eine Holztreppe führte vom unteren Teil nach oben. Die Frau stand auf der Treppe, in dem hellen elektrischen Licht. Ich blinzelte. Wir befanden uns tatsächlich schon mitten in der nächsten Szene, und Jäger und Gejagter hatten die Rollen getauscht.

»Entschuldigen Sie, daß ich Ihnen nachgelaufen bin.«

Das Licht, das direkt von oben auf sie fiel, war jetzt fast zu grell, um sie deutlich zu sehen. Sie trug ein langes, gelbes Nachthemd mit Rüschen am Hals und am Saum. Ich hatte den Eindruck, daß ihre Füße nackt waren. Sie hielt die Hände vor die Brust, immer noch atemlos von ihrer Flucht. Ihr Haar, von einem metallischen Kupferrot, das vielleicht nicht echt war, fiel ihr bis fast auf die Schultern, strähnig und glatt. Das Gesicht, verschwommen in dem grellen Licht, wirkte leichenblaß. Sie war jung.

»Sie sind David Levkins Schwester?«

»Ja, ich bin Elsa.«

Ich hatte Isabels beiläufige Erwähnung einer Schwester fast ganz vergessen. Jetzt schien es, als hätte ich wissen müssen, wer die seufzende Gestalt war, die mich dazu getrieben hatte, sie zu verfolgen.

»Kommen Sie mit rauf.« Ihre Stimme war ausdruckslos, als spräche sie im Traum.

Ich zögerte, dann folgte ich ihr über die hölzernen Stufen, die unter meinem Gewicht klagend ächzten. Ich sah die feuchten Abdrücke ihrer nackten Füße auf den Stufen.

Der erste Raum oben sah wie ein Vorraum aus; es war nichts darin außer einer großen Eichentruhe und einem zerlumpten, durchgesessenen Sofa. Es roch intensiv nach Staub und Schimmel. Ich unterdrückte ein Niesen. Die Tür zum Innenraum war geschlossen. Ich sah sie unschlüssig an und kam mir zugleich verunsichert und verwegen vor. Langsam, das Gesicht mir zugewandt, zog sie sich einen grünen Morgenmantel an. Das Nachthemd war nicht ganz durchsichtig.

Sie war eine seltsame Erscheinung, groß, größer vielleicht als ihr Bruder, mit den gleichen weiten Nasenlöchern und dem gleichen vollen, schweren, sensiblen Mund. Ihre Lippen waren von einem feuchten Scharlachrot, die Augenbrauen zwei dicke, schwarze Dreiecke, aber sonst war ihr Gesicht ungeschminkt, und die Haut blaß und wächsern, als würde sie sich kühl und nicht ganz menschlich anfühlen. Ihr metallisch glänzendes Haar hatte jetzt fast einen Stich ins Grüne. Die Augen, umrahmt von einem türkisblauen Strich, waren so tiefdunkel, daß das Haar bestimmt gefärbt war. Sie blickten mich an, groß und orientalisch, mit dem starren Blick einer Zauberin oder einer Prostituierten, einer künstlichen Frau. Ich war benommen, verstört, verwirrt.

Leise sagte ich: »Ich will Sie nicht belästigen. Und ich will Ihren Bruder nicht wecken. Ich war nur überrascht, als ich Sie sah, und fragte mich –« Ich wollte sagen: ›– warum Sie weinten.‹ Aber in diesen glänzenden Augen war keine Spur von Tränen.

»Ich komme oft«, sagte sie, »in der Nacht. Ich darf nicht ins Haus, wissen Sie. Und das ist es.« Ihre Stimme klang sehr fremdländisch, und ich konnte nichts mit ihren Worten anfangen; ich war nicht einmal sicher, ob ich sie richtig gehört hatte.

»Kann ich Ihnen helfen?« sagte ich. Die Flucht durch die Dunkelheit und jetzt die Nähe dieser halb bekleideten nächtlichen Erscheinung, ihre eigenartige animalische Ruhe, versetzten mich in eine Art Euphorie, eine Mischung von Aufregung, Andacht und dem Wunsch, sie zu beschützen. Es war lange her, daß ich eine so direkte und doch so seltsam natürliche Begegnung mit einer Frau gehabt hatte. Mir war, als könnte ich lange mit ihr reden. Und hatte ich gerade noch das Gefühl gehabt, ich könnte sie verwegen in die Arme nehmen, so hatte ich jetzt nur den Wunsch, ihr zu dienen. Ihre tränenlose Klage auf dem Rasen und nun ihre geheimnisvollen Worte schienen mir wie ein heiliger, allein an mich gerichteter Appell.

Sie betrachtete mich nachdenklich, als nähme sie meine Worte ernst. Dann sagte sie: »Es gibt ein wenig Kaffee. Aber zuerst muß ich Ihnen etwas zeigen. Immerhin sind Sie der Bruder. Und wir haben lange auf Sie gewartet.«

Sie ging auf die geschlossene Tür zum zweiten Raum zu und stieß sie weit auf. Drinnen brannte ein helles Licht, und in dem Licht sah ich, halb nackt, der Länge nach auf ein niedriges Bett hingebreitet und in der Selbstvergessenheit tiefen Schlafes versunken, meinen Bruder Otto.

Die hell beleuchtete Szene, die sich mir durch die offene Tür darbot, hatte etwas Geschmackloses und Unwirkliches, sie war zu groß, zu nahe, als hätte das Mädchen eine Vision heraufbeschworen, ein ungeheuerliches Trugbild. Aber es war keine Halluzination, es war tatsächlich Otto, der da wie auf einer Bühne lag und mit offenem Mund schnarchte. Otto, massig, zottelig, erbärmlich und schändlich lebensvoll, Otto, der schlief wie ein Stein. Mein erstes Empfinden war ein seltsames, dumpfes Gefühl von Verlust. Dann verspürte ich Ekel und dann einen Stich von Schuldbewußtsein und Angst. Ich hatte Angst vor dem Zorn meines Bruders, sollte er aufwachen und mich hier sehen.

»Er wird nicht aufwachen«, sagte sie, meine Gedanken erratend. »Er hat getrunken. Er schläft wie ein Schwein. Kommen Sie und sehen Sie sich ihn an.« Miteinander gingen wir hinein, und sie schloß hinter uns die Tür. Es war, als beträte man die Höhle eines Tieres.

Der Diwan, auf dem mein Bruder in seiner ganzen Breite lag, beanspruchte fast allen Platz im Raum. Schwere Vorhänge waren vor die Fenster gezogen, die Luft war stickig und von einem feuchten, scharfen Geruch durchdrungen. Auf dem Boden lag ein Haufen Kleidungsstücke, die sich mir wie klebrige Algen um die Knöchel legten. Eine halbleere Whiskyflasche ragte aus einem von Ottos Schuhen. Er hatte sich die Decke weggestrampelt, und ich sah, daß er zwei unglaublich schmutzige Unterhemden trug, in Wülsten über seinen Brustkorb hochgeschoben, und eine ebenso eklige lange Wollunterhose, die ihm tief auf die Hüften gerutscht war. Die schwabbelige, von dunklen Locken überwucherte Mitte lag bloß, und darunter wölbte sich sein nackter, weißer Bauch mit der schwarzen, wie mit Erde verklebten Mulde seines Nabels. Sein großer Stierschädel war nach hinten geneigt, das Gesicht eine zerknitterte Masse fleischiger Falten, ein gurgelndes Geräusch kam aus dem feuchten Spalt seines formlosen Mundes. Er glich eher einer menschlichen Ruine als einem Mann.

Das Mädchen blickte aufmerksam auf ihn hinunter. Dann stieß sie ihn plötzlich mit dem nackten Fuß heftig in die Rippen. Otto stöhnte und vergrub seinen Kopf tiefer ins Kissen, das kein Kissen war, sondern ein Haufen weiblicher Unterwäsche, wie ich jetzt sah. Das Mädchen betrachtete mich, als heische sie Beifall für ihre Demonstration, und sagte: »Elsa.«

Ohne zu wissen, wie mir geschah, wiederholte ich: »Elsa.« Die magische Wiederholung ihres Namens war wie ein Zauberwort, das mich am Gehen hinderte. Nun setzte sie sich aufs Bett und gab mir einen Wink, das gleiche zu tun. Sehr vorsichtig ließ ich mich am Ende des Diwans nieder. Zwischen uns hob und senkte sich die stinkende Masse Ottos. Mit einer Art Resignation ging mir abermals der Gedanke durch den Kopf, daß Otto mir, sollte er jetzt aufwachen, die Knochen brechen würde.

Ich starrte das Mädchen an. Sie wirkte ernst und kühl, es war etwas Rührendes an ihrer theatralischen Feierlichkeit. Der von Otto ausströmende Geruch nach Whisky, Schweiß und Sex war überwältigend; und langsam bemerkte ich, daß auch sie alles andere als makellos war. Das blasse, wächserne, fettig glänzende Gesicht war sehr dunkel um die Nasenlöcher, das Kinn mit Blut und Schmutz beschmiert. Die tief eingekerbte Oberlippe war von einem flaumigen Bart umrandet, der in langen, feinen Härchen über die Winkel des stark geschminkten Mundes hing. Ihre Finger, die nun am Ausschnitt ihres Nachthemdes nestelten, hatten lange, splittrige Nägel, auf denen noch Flecken von altem Nagellack klebten, und ich sah, daß sie mehrere Ringe mit glitzernden Steinen trug, die nach Diamanten aussahen. Das metallisch schimmernde Haar hing ihr schlampig ins Gesicht und verhüllte die großen, dick mit Lidstrich umrandeten, exotischen Augen. Ich fand sie ungemein anziehend. Eine ekelhafte Erregung und Scham erfüllten mich, und ich schielte hinunter zu Otto. Er schlief, sein offener Mund glich einer nassen, roten Seeanemone.

»Sie sind Edmund aus dem Süden. Möchten Sie einen Whisky?«

»Nein, danke.«

Sie holte sich die Flasche aus Ottos Schuh und setzte sie mit geschlossenen Augen an die Lippen. »Sie kennen meinen Bruder David. Mögen Sie ihn? Wir sind russische Juden.«

»Ja, ich mag ihn. Woher in England kommen Sie?«

»Wir sind nicht von England. Wir sind von Leningrad.«

Das überraschte mich ein wenig. Aus Isabels Worten hatte ich geschlossen, daß die Levkins nur entfernt russischer Abstammung waren. »Sind Sie schon lange hier?«

»Für sechs Jahren.«

»Warum haben Sie Rußland verlassen?«

»Das war mein Vater. Dann wir waren jung. Meine Mutter ist seit lange tot. Mein Vater war Klavierspieler, großer Klavierspieler, berühmter Klavierspieler, aber er Rußland nicht lieben kann, weil nicht gut ist für Juden. Er hat gelacht in Synagoge, aber mit Herz er hat nicht gelacht. Herz immer war sehr traurig. Und einmal er hat uns genommen in große, finstere Wald, und wir gehen und gehen, und nachher wir kommen zu große Holzturmen und grelle Lichter, und wir laufen und laufen, und sie schießen auf uns –«

»Aber ihr seid alle durchgekommen –«

»Eine Kugel mein Vater hat in Hand getroffen, und jetzt er kann nie mehr Klavier spielen wieder.«

»Oh – das tut mir leid – Wo ist er jetzt?«

»Er ist nirgends. Er ist tot von, wie sagt man, gebrochene Herz. Und nachher wir immer wandern. Sehen Sie Ringe da? Bevor mein Vater sterben, er uns geben Diamanten hier, so wir nicht arm sind, egal in welches Land. Sie sind von sehr viel Wert, aber wir nicht verkaufen, weil sie sind Erinnerung an ihn.«

Sie sprach beiläufig, in einem monotonen Singsang, als hätte sie die Geschichte mit genau den gleichen Worten schon viele Male erzählt. Sie hatte die Hand gehoben und ließ die Diamanten im Licht blitzen. Sie glich weniger einem Opfer als einer kleinen, verlorenen Prinzessin, die an einem fremden Hof eine alte Familienlegende erzählt. Trotzdem stellte ich mir die Szene an der Grenze vor, die verängstigten, flüchtenden Kinder, die verwundete Hand des Vaters. Es war keine Legende, es war eine Geschichte von heute, eine alltägliche Jedermannsgeschichte. Ich begann ihr, ihnen allen, zu beteuern, daß es mir leid täte.

Doch nun bemerkte ich abermals, daß sie mir entflohen war. Sie hatte die Knie angezogen und in die Beuge von Ottos Knien geschoben und war neben ihm aufs Bett gesunken. Vielleicht waren die Erinnerungen zuviel gewesen. Sie schloß die Augen und schien sofort einzuschlafen. Otto bewegte sich schläfrig, als er sie spürte, einen Augenblick zitterten die beiden Körper und wälzten sich einträchtig herum, bevor sie sich, ineinander verschlungen, entspannten, ihr Kopf an seinem Hals, ihre Knie in seiner Kniebeuge, ihre Hand in seiner Hand. Sie sahen unerträglich zufrieden aus, wie ein behaglich aneinandergekuscheltes Ehepaar. Ich starrte sie eine Weile an, Adam und Eva, der Kreis, dem unser ganzes Leid entsprang. Ich starrte sie an, bis sie zu einem bloßen Linienmuster verschwammen, einer Hieroglyphe. Ich legte eine Decke über sie.

7 *Zwei Arten Juden*

»Sie haben die Turteltauben also entdeckt.«

David Levkin stand in der Tür. Ich zog mich hastig vom Bett zurück, und er ging an mir vorbei zum Fenster und zog die Vorhänge weit auf. Es war heller Tag und ein sonniger Morgen.

Mein einziger Gedanke war, so schnell wie möglich aus dem Sommerhaus fortzukommen. Ich stürzte aus dem Zimmer, sprang beinahe die Stufen hinunter und trat hinaus in den kühlen Wald, wo die weißen Streifen der Birkenstämme rein und fast fleckenlos in der Sonne glänzten. Ich hatte das Gefühl, aus einem bösen Traum erwacht zu sein. Ich ging ein paar Schritte den Weg entlang.

Jemand berührte meinen Arm, und ich stellte fest, daß Levkin mir folgte. Es irritierte mich und löste ein absurdes Schuldgefühl in mir aus, daß er mich dabei ertappt hatte, wie ich das schlafende Paar betrachtete. Ich ging schneller, aber er folgte mir immer noch mit ein oder zwei Schritten Abstand. Wieder faßte er mich an.

»Woher wußten Sie von den beiden?«

»Ich wußte nichts von ihnen. Ich habe Ihre Schwester draußen auf der Wiese weinen gehört und bin ihr gefolgt.«

»Ja, sie geht nachts oft dorthin. Sie hält sich für einen Geist, der ums Haus spukt. Aber sie ist nicht traurig. Ich glaube, sie paßt zu Ihrem Bruder. Finden Sie nicht?«

»Das geht mich nichts an.« Ohne ihn anzusehen, ging ich weiter.

»Aber es wird Sie was angehen. Denn Sie werden doch jetzt bei uns bleiben? Sie werden bleiben und uns helfen?«

»Gehen Sie«, sagte ich. Ich fand es widerlich, daß er mit mir redete, als wären wir Voyeurskomplizen. Ich wollte nichts mehr wissen von Otto und seiner schmuddeligen Betörerin.

»Sie schlafen gut, nicht wahr? Man könnten ihnen die ganze Nacht lang zusehen. Es ist der Alkohol, glaube ich. Hat meine Schwester lange geschlafen? Finden Sie sie schön?« Er zupfte wieder an meinem Ärmel.

Ich drehte mich um und blickte ihm ins Gesicht. »Levkin, ich habe keine Lust, mit Ihnen über die Geschichten meines Bruders oder Ihrer Schwester zu reden.«

»Die Geschichte! Die Geschichte!« sagte er aufgeregt. »Und mein Name wird Ljevkin ausgesprochen, Ljevkin. Auf russisch heißt das ›kleiner Löwe‹, und so werde ich genannt. Zumindest könnte man sagen, daß es das bedeutet, denn ein Löwe ist auf russisch ein *ljev*...«

Ich ging weiter. Er folgte mir und begann erneut zu schwatzen. »Ist das nicht ein herrlicher Tag heute, Mr. Edmund? Ein schöner, klarer Morgen. Ich liebe diese Morgenstunden, wenn ich rübergehe, um sie zu wecken. Eine Pracht. Ein Philosoph hat einmal gesagt, unser größtes Verbrechen ist es, die Schönheit der Welt nicht zu beachten.«

»Verschwinden Sie.«

»Darf ich Ihnen meine Bilder zeigen, Mr. Edmund? Ich arbeite als Steinmetz. Aber in Wirklichkeit bin ich ein Maler. Und Sie sind auch ein Maler –«

Ich blieb stehen und drehte mich wieder zu ihm um. An diesem ganzen Geschwatze war etwas Drohendes und Unangenehmes, und ich fragte mich, ob er mir etwas vorspielte. Mir mißfiel seine hämische Freude über Ottos Situation, und mir ging der Gedanke durch den Kopf, er könnte es auf Erpressung abgesehen haben. Erpressung wäre haargenau der Stil von Ottos Lehrlingen gewesen.

»Ich würde Ihnen raten, den Mund zu halten«, sagte ich. »Sonst bringen Sie sich noch in Schwierigkeiten. Sie sind noch nicht lange genug in diesem Land, um irgendein Risiko einzugehen. Ich nehme an, Sie haben nicht einmal einen britischen Paß.« Ich dachte, es könnte nicht schaden, ihn ein bißchen einzuschüchtern. Ich war in Sorge um Otto, und ich traute diesem Burschen nicht, der etwas von einem fröhlichen kleinen Kuppler an sich hatte.

Levkins Antwort war erstaunlich. Er brach in wildes Lachen aus, krümmte sich vor Vergnügen und sprang dann hoch in die Luft. »Sehen Sie«, rief er atemlos, »ich schwebe, ich schwebe!« Dann hielt er in seinen Wirbelsprüngen inne, betrachtete mein ernstes Gesicht, begann wieder zu lachen und stieß dann prustend aus: »Was um alles in der Welt hat sie Ihnen erzählt?«

Ich war verwirrt. »Na ja, sie hat mir gesagt, wie Sie hierhergekommen sind –«

»Oh, was für eine, was für eine! Ich halte es kaum aus!« Er hielt sich den Bauch vor Lachen.

»Was meinen Sie, was für eine?«

»Was für eine Geschichte war es diesmal? Die, wie wir über den Fluß geschwommen sind, oder die mit dem Flugzeug oder die vom Tunnel –«

»Sie sagte, Sie sind durch einen Wald gekommen –«

»Und die Hand unseres armen alten Vaters wurde von Maschinenpistolenkugeln getroffen, so daß er nie wieder Klavier spielen konnte und an gebrochenem Herzen starb?«

»Ja, also ... ja –«

»Und die Ringe, hat sie Ihnen ihre Ringe gezeigt und Ihnen erzählt, daß es Diamanten von unserem Vater sind?«

»Ja –«

»Oh, sie ist wirklich zu komisch! Sie erzählt so viele verschiedene Geschichten, und keine ist wahr. Das ist im Augenblick ihre Lieblingsgeschichte. Sie hat es in der Zeitung gelesen, von dem armen Mann mit seiner Hand. Nein, nein, Mr. Edmund. So romantische Leute sind wir nicht. Meine arme Schwester ist ein bißchen zu phantasievoll. Unser Vater ist kein Pianist, er ist Pelzhändler, und er starb nicht an gebrochenem Herzen, sondern ist sehr lebendig und verdient immer noch ganz schön, und wir sind nicht in Leningrad geboren oder was immer sie Ihnen erzählt hat, wir sind in Golders Green geboren. Und was diese Ringe betrifft, das sind Glasringe, die sie um ein paar Nickel gekauft hat. Sie sehen also, daß es völlig sinnlos ist, mir zu drohen, Mr. Edmund, denn ich bin genauso britisch wie Sie – und außerdem habe ich nichts Böses im Sinn, wie Sie noch sehen werden, wenn Sie mich besser kennen und wir Freunde geworden sind.«

»Ich bezweifle, daß das jemals geschehen wird«, sagte ich. »Aber – hab' ich Sie richtig verstanden? Soll das heißen, Ihre Schwester bildet sich bloß ein, daß alle diese Dinge geschehen sind –?«

»Ja, sie ist ein bißchen – nicht gerade verrückt, aber phantasievoll, wie ich sagte, sie bildet sich Dinge ein, ja. Sie hat, was wir *Polizeiangst* nennen. Sie fühlt sich immer verfolgt. Hat sie Ihnen von den kleinen Männchen im Wald erzählt, die sie beobachten? Nein? Sie hat solche Probleme damit, daß sie jüdisch ist. Sie leidet ständig darunter, und sie glaubt, daß alles, was den Juden auf der ganzen Welt widerfährt, ihr widerfährt.«

»Armes Kind«, sagte ich. Ich dachte an das wächserne Gesicht und den starren Blick. Ja, ein bißchen verrückt vielleicht. Ein weiteres Opfer einer bösen Welt. Ich ließ mich von Levkin einen Pfad entlangführen, der vom Haus weg und auf einem Umweg zum Atelier führte.

»Trotzdem ist sie eine Hexe«, sagte Levkin. »Eine *rusalka,* wie man sie auf russisch nennt. Sie hat eine Art Tod in sich. Und sie ist eine Gefallene, oh ja, schon seit ihrer frühesten Jugend. Sie hat viele Männer gehabt, viele. Das ist es, was Lord Otto gefällt. Daß sie ein bißchen angeknackst ist und daß sie eine Prostituierte ist. Und sie mag ihn, weil er ein Monster ist und eine Ruine. Aber ich sollte nicht so über meinen Meister sprechen, nicht wahr?«

»Nein«, sagte ich, »und jetzt –« In Wahrheit interessierte mich, was er gesagt hatte, und das verwahrloste Bild des armen, verrückten Mädchens ging mir nicht aus dem Kopf. Ich konnte in der Tat verstehen, was Otto an ihr faszinierte.

»Sehen Sie, es gibt zwei Arten von Juden«, fuhr Levkin fort, der sehr knapp hinter mir herging. »Es gibt die Juden, die leiden, und die Juden, die Erfolg haben. Die dunklen Juden und die hellen Juden. Sie ist eine dunkle Jüdin. Ich bin ein heller Jude. Ich werde arbeiten, ich werde Erfolg haben. In der Kunst oder im Geschäft, vielleicht im Kunstgeschäft. Ich werde viel Geld verdienen. Ich werde mich nicht erinnern. An nichts. Sie ist ganz Erinnerung – sie erinnert sich an so vieles, sie erinnert sich an die Erinnerungen, die nicht ihre eigenen sind. Sie hält sich für die anderen, diejenigen, die leiden und sterben. Also wird sie leiden, also wird sie jung sterben. Das fürchte ich. Ich aber werde das alles hinter mir lassen. Ich werde mich schwebend über alles erheben. Ich werde in der Welt des Lichtes leben.«

»Wie lange geht das schon mit meinem Bruder?«

»Oh, lange, viele Monate, seit wir hier sind.«

»Weiß es jemand außer Ihnen?«

»Warten Sie, warten Sie, Mr. Edmund. Gehen Sie nicht so schnell. Nein, niemand weiß es, niemand außer mir.«

»Sehen Sie zu, daß es so bleibt«, sagte ich. »Guten Tag.«

Wir hatten jetzt das Ende des Gartens erreicht, und ich wandte mich rasch von ihm ab und ging quer über den Rasen. Die Sonne hatte den Tau getrocknet. Die Würmer waren verschwunden. Ich war verwirrt und aufgewühlt. Ich wollte nachdenken über alles, was geschehen war. Aber natürlich ging es mich nichts an. Ich gehörte nicht hierher, ich würde bald abreisen, vielleicht schon heute – und da fiel mir Flora ein. Ich schaute auf die Uhr und traute meinen Augen kaum. Es war zehn Uhr vorbei. Ich begann zum Haus zu laufen.

Es war mir plötzlich unverständlich, daß ich meine Verabredung mit dem Kind einfach hatte vergessen können. Ich war so erfüllt davon gewesen, als ich vergangene Nacht zu Bett gegangen war, ich hatte an gar nichts anderes denken können. Aber irgendwie hatte ich mich von der gespenstischen nächtlichen Szene, der verrückten Prinzessin und dem Geplapper des windigen Levkin so verführen lassen, daß meine Gedanken völlig davon in Anspruch genommen waren und mir das Wichtigste gänzlich entfallen war. Ich rannte ins Haus.

Flora bewohnte mein ehemaliges Zimmer. Ich stürmte darauf zu und meine Schritte stampften, daß das ganze Haus erbebte. Sie war sicher noch da und wartete. Ich klopfte rasch und riß die Tür auf.

Der kleine Tisch war sauber fürs Frühstück gedeckt. Zwei Teller und mehrere Schalen mit Obst: Äpfel, Bananen, Orangen, Aprikosen. Es gab auch Brot und Butter, Schweizer Kirschmarmelade und einen großen Krug Milch. Flora hatte alles mit liebevoller Sorgfalt bereitgestellt. Aber sie selbst war weg. Etwas langsamer trat ich ein. Auf dem Tisch lag eine Nachricht. *Ich habe gewartet, und du bist nicht gekommen. F.* Ich setzte mich schwer aufs Bett, völlig entsetzt über mich selbst.

Ich blickte auf und sah, daß jemand mich betrachtete. »O Maggie – sie ist fort. Sie hat mich überall gesucht, sagst du? Mit dem Bus, kurz vor zehn, natürlich.«

Das italienische Mädchen blickte mich mit der distanzierten Miene eines Dienstboten und Vertrauten an, mit kühler, unpersönlicher Zurückhaltung. Das ernste, unaufdringliche Gesicht, das anonyme schwarze Kleid, der lockere Knoten im Nacken: Nichts konnte weniger Ähnlichkeit mit dem Ort haben, an dem meine Phantasie sich vor kurzem noch ergangen hatte. Sie trat zum Tisch und begann Floras kleines Frühstück auf ein Tablett zu räumen. Ich schlich aus dem Zimmer.

8 *Otto beichtet*

»Ich habe letzte Nacht geträumt«, sagte Otto, »daß eine Art große Schlange im Haus war. Ich konnte hören, wie sie von einem Zimmer ins andere hinter mir herglitt, und ich rannte, um das Telefon zu erreichen. Ich schloß die letzte Tür, bevor sie hineinschlüpfen konnte, und versuchte, die Polizei anzurufen. Aber die Wählscheibe war voller Insekten, und wo immer ich meinen Finger hintat, wimmelte es von Käfern und Asseln, und ich konnte nicht ordentlich wählen, ohne sie zu zerquetschen. Also habe ich nicht gewählt, und diese Schlange –«

»Wo ist Flora hin?«

»Keine Ahnung«, sagte Otto. »Ist sie fort? Wahrscheinlich zurück aufs College. Sie behandelt uns neuerdings ziemlich beiläufig, kommt und geht, wie's ihr paßt. Frag doch Isabel. Die Asseln in meinem Traum waren von der Sorte, die sich einrollt, und –«

»Otto, letzte Nacht –«

»Ja, ich weiß. David hat es mir gesagt.«

Ich hatte vergeblich nach Flora gesucht. Ich war mit dem nächsten Bus zum Bahnhof gefahren, ich hatte im College angerufen, in dem Studentenheim, wo sie wohnte, ich hatte sogar nach Mr. Hopgood gefragt, aber niemand schien von ihm gehört zu haben. Ich hatte wenig Hoffnung, sie zu finden: Sie war fortgelaufen, sie würde sich verstecken. Sie hatte gesagt, sie würde tun, was ich ihr sagte, sie hatte mich gebeten, sie nicht im Stich zu lassen: Und im kritischen Augenblick hatte ich es zugelassen, daß mein Kopf voll von anderen Dingen war. Mir war, als wäre ich das Opfer eines fragwürdigen Zaubers geworden, als wäre ich Magiern in die Fänge geraten. Aber ich wußte, das war nur eine faule Ausrede. Wären mein Herz und mein Verstand wirklich ganz von Flora und ihren Nöten erfüllt gewesen, hätte ich unmöglich die Zeit vergessen können. Ich wußte auch, daß mich die Szene im Sommerhaus aufs äußerste erregt hatte. Ein altes Gefühl der Verbindung zwischen Ottos und meinem Leben, ein Gefühl der Wesensidentität, trotz aller Unterschiede, hatte sich meiner bemächtigt. Ich verstand nur zu gut die Anziehung, der mein Bruder erlegen war. Ich empfand Mitleid, aber zugleich fühlte ich mich erniedrigt, befleckt.

Es war jetzt auch klar, daß ich nicht fortkonnte. Ich war ein Gefangener der Situation. Früh am Tag war ich ziel- und lustlos herumgewandert und sehr versucht gewesen, doch abzureisen. Flora war weg, Isabel hatte sich hingelegt und wollte niemanden sehen, Otto hatte sich immer noch im Sommerhaus verkrochen. Ich fühlte mich nicht wohl in meiner Haut, kam mir fremd und ausgeschlossen vor. Es gab nichts, was ich für diese Menschen tun konnte. Aber so inständig ich mir auch wünschte, diesen Ort zu verlassen, und obwohl ich mir sagte, daß es klüger wäre, in meine einfache Welt zurückzukehren, bevor mir etwas Schlimmeres passieren konnte, ich wußte, ich konnte nicht. Es war meine Pflicht, zu bleiben: Das unbequeme Wort nagelte mich hier fest. Aber es war nicht nur das. Mit Beunruhigung stellte ich fest, daß ich bleiben *wollte.* Ich wurde selbst Teil der Maschinerie.

Das war der Augenblick, in dem ich beschloß, mit Otto über letzte Nacht zu reden. Die Geschwister hatten ihm wahrscheinlich von meinem Auftauchen erzählt. Aber ich hatte das Gefühl, die Sache mit ihm austragen zu müssen, wenn ich in ehrlicher Absicht bleiben wollte. Ich faßte den Entschluß mit einiger Beklommenheit, denn ich wußte, wie jäh und heftig Ottos Zorn sein konnte. Natürlich hatte ich nicht die Absicht, ihm irgend etwas über Flora zu sagen. Ich konnte mich nicht einmal dazu entschließen, mit Isabel darüber zu reden. Ich strich weiter durch die Gegend und ging immer wieder zum Atelier, bis ich endlich, um etwa fünf Uhr, einen ziemlich zerknautschten Otto vorfand. Ich konnte mir vorstellen, wie er den Nachmittag verbracht hatte. Es fiel mir schwer, ein Gefühl der Neugier zu unterdrücken, obwohl mir diese Neugier zuwider war, und ich hoffte, er würde sie mir nicht zu deutlich anmerken.

Als ich eintraf, öffnete Otto gerade eine Flasche Whisky. Er hatte einen Krug mit Wasser aus der Regentonne angefüllt und untersuchte düsteren Blicks die bräunliche Flüssigkeit, in der verschiedenes kleines Getier herumschwamm. Vorsichtig, um sich nichts davon mit einzuschenken, goß er ein bißchen Wasser in ein Glas. Es war nicht leicht. Dann füllte er das Glas mit Whisky auf und setzte sich auf einen Ballen Verpackungsstroh. Der Ballen sank in der Mitte ein, so daß Otto fast auf dem Boden saß und wie in einer Krippe im Stroh versank. Er sah hilflos aus, wie ein riesiges Baby. Ich setzte mich auf ein paar Blöcke Westmorland-Schiefer.

»Ja, David hat es mir erzählt«, sagte Otto nachdenklich und starrte auf seinen schlammig-trüben Drink. Er seufzte und trank einen Schluck. »Das Problem mit dem Trinken ist, daß normale Bewußtseinszustände einfach eine Qual sind. Und so wird man dann langsam zum Alkoholiker. Und auf einmal *ist* man einer. Halte dich davon fern, Ed.«

»Das tu' ich.« Ich beschloß, ihn das Thema weiter verfolgen zu lassen, wenn ihm danach war. Ich konnte sehen, wie er hin und her überlegte, einmal mich ansah, dann wieder in sein Glas schaute. Die lange, wollene Unterhose, die unter seinen Hosenbeinen hervorlugte, hing über seine staubigen Stiefel. Sein schmutziges Hemd stand am Hals offen und ließ die vertrauten Unterhemden sehen. Isabel mußte schon vor langem aufgehört haben, sich für seine Garderobe zu interessieren.

»So hast du also mein *malin genie* gesehen.«

»Ja.« Mir fiel nichts ein, was ich über sie sagen konnte. Sie hatte mich fasziniert. Aber es hatte wenig Zweck, Otto das zu sagen. Ich fügte hinzu: »Levkin sagt – niemand weiß davon.«

»Er übertreibt wie immer«, sagte Otto. »Isabel weiß, daß *irgendwas* los ist, nehme ich an. Ich glaube, sie versucht einfach, nicht über mich nachzudenken. Folglich sind ihr die Einzelheiten egal. Und das italienische Mädchen muß es wissen, sie ist nicht blöd. Flora weiß natürlich nichts, Gott sei Dank, sie war nicht da.«

»Hat Lydia es gewußt?« Ich konnte mir plötzlich nicht vorstellen, daß Lydia etwas Derartiges geduldet hätte; und der seltsame Schmerz, den ich empfunden hatte, als ich es entdeckte, verwandelte sich in Trauer um sie. Sie war wirklich fort.

»Nein –«, sagte Otto langsam. »Weißt du«, fuhr er fort, »ich habe mir wirklich große Mühe gegeben, Schluß damit zu machen. Ich kann dir diese Geschichte nicht erklären, Ed. Du denkst wahrscheinlich, daß ich verrückt bin. Aber ich habe so etwas nie gekannt. Ich habe nie zuvor eine wirklich vollkommene, absolut perfekte körperliche Beziehung zu einer Frau gehabt. Du hältst mich jetzt vielleicht für ein armes Würstchen, aber das ist die Wahrheit.«

Ich hatte selbst nie etwas gehabt, was auch nur in die Nähe einer perfekten körperlichen Beziehung zu einer Frau gekommen wäre, aber ich hatte nicht die Absicht, Otto das zu sagen. »Und das hier ist – wirklich gut?«

»Es ist ein Wunder. Es hat mich völlig verändert. Meinen ganzen Körper. Ich weiß, ich seh aus wie ein Wrack, aber ich fühle mich herrlich, strahlend wie ein Engel. Während ich mit Isabel – na ja, Isabel hat mir immer das Gefühl gegeben, daß ich widerlich bin. Und mit ihr *war* ich auch widerlich, ich war ein Schwein. Ich fühlte mich unsauber. Mit Elsa – mit ihr ist alles, was ich bin und tue, schön. Ach, ich kann's nicht erklären. Aber –«

»Aber du fühlst dich schuldig?«

»Das ist es wahrscheinlich«, sagte Otto zweifelnd. »Wir sind ja schließlich doch Puritaner.« Er trank den Whisky aus und tappte im Stroh nach der Flasche. Ich reichte sie ihm. »Leidenschaft entschuldigt sich selbst. Zuerst war keine Zeit für Schuldgefühle, kein Platz für einen solchen Gedanken. Und ich habe sie so glücklich gemacht. Ich bin vor Dankbarkeit jeden Tag auf die Knie gesunken. Es kam mir alles so gut vor, so *menschlich*. Aber dann, als Lydia so schwer erkrankte –«

»Dann wurde es schwerer – zu betrügen?«

»Nicht nur das. Am Anfang habe ich alle leichten Herzens betrogen. Nein, es ging tiefer. Ich konnte mich nicht weiter im Bett vergnügen, während Lydia im Sterben lag. Ich wollte meinen Körper verleugnen. Es war eine schreckliche körperliche Qual. Ach Ed, sei froh, daß du Lydia nicht sterben gesehen hast. Sie wollte nicht sterben, weißt du.«

Ich zog es vor, nicht daran zu denken. »Du hast also versucht, Schluß zu machen?«

»Mit Elsa, ja. Und es war nicht nur wegen Lydia. Natürlich hatte ich schreckliche Angst, daß Flora dahinterkommen könnte, es hätte ihr furchtbaren Schaden zufügen können. Aber auf irgendeine komische Weise war es auch Isabel. Ich weiß, Isabel und ich hätten nie heiraten dürfen, wir passen so wenig zueinander wie zwei Menschen nur zueinander passen können. Aber auf ihre Weise hat Isabel immer zu mir gehalten. Sie hat so was von – tapferer Würde. Ich weiß nicht, ob du mich verstehst. Lydia war die Hölle für sie. Und diese Geschichte ist ein solches *Schlamassel* geworden. Und wenn man an die Zukunft denkt – es hat keine Zukunft.«

»Du würdest nicht daran denken, Elsa zu heiraten?«

»Guter Gott, nein!« sagte Otto heftig. »Ich will mit Elsa weiter nichts als *das*. Und es ist nicht nur Lust, es ist gut, es ist schön, für uns beide, es ist echt. Ich habe immer gefunden, daß Sex etwas Falsches ist – aber nicht mit ihr. Mit ihr habe ich das

Gefühl, daß ich zum ersten Mal in meinem Leben etwas Wahres empfinde. Ich habe Isabel mit hundert Lügen in mir geheiratet, und seither ist es noch schlimmer geworden. Diese Geschichte mit Elsa war so etwas wie eine Erlösung, eine wundervolle Rückkehr zum Anfang. Aber es hat keinen Sinn, es ist zum Scheitern verurteilt. Es ist kein Platz dafür, ich kann so nicht weitermachen, es ist nicht für die Ewigkeit, es muß einen Anfang haben, eine Mitte und ein Ende. Mit Elsa kann ich nirgendwohin *gehen*, es gibt keinen Weg. Und sobald mir das klar wurde, hatte ich das Gefühl, ich müßte Schluß damit machen. Wahrscheinlich denkst du jetzt, daß ich einfach nur eine Rechtfertigung für meine Niedertracht suche –«

Ich war weit davon entfernt, das zu denken. Ich glaubte zu wissen, was Otto damit meinte, daß es etwas ›Wahres‹ war. Ich selbst war in allem, was unmittelbar mit Sex zu tun hatte, einer solchen Wahrheit niemals auch nur nahegekommen. »Nein, nein. Aber ich kann verstehen, daß du – als dir klar wurde, daß es keine Zukunft hat – solche Dinge können eben nicht dauern ...« Otto tat mir leid, und ich war ihm dankbar dafür, daß er offen mit mir sprach.

»Und trotzdem«, sagte Otto. »Trotzdem – wie kann ich sie verlassen, wie *kann* ich? Sie ist mir unentbehrlich, und zugleich ist die ganze Geschichte unmöglich. Im Frühling habe ich versucht, die Sache abzubrechen, das heißt, ich habe sie abgebrochen. Aber ich habe ihr nie wirklich irgendwas erklärt. Und sie hat es irgendwie akzeptiert, weil sie dachte, es wäre nur vorübergehend und nur wegen Lydia. Aber jetzt – ich kann ihr nicht sagen, daß sie gehen muß, ich *kann* nicht. Und langsam fängt das Gift an, sich einzuschleichen. Die Zeit der Unschuld ist vorbei. Und trotzdem fühle ich mich mit jedem Tag stärker an sie gefesselt, gekettet, in der Maschinerie gefangen. Ich habe Angst, daß sie für mich zu einem Laster wird, daß sie es schon ist.«

»Die träumende Eva von Gislebertus –«

»Ach ja, ich habe davon gesprochen, stimmt. Eigentlich habe ich sie gemeint, Elsa. Ich weiß, daß sie ein unschuldiges Wesen ist, und ich sage das, obwohl ich weiß, was sie getan hat, bevor sie mich traf. Ich weiß, sie ist unschuldig, und trotzdem kommt sie mir manchmal wie die Inkarnation des wahrhaft Bösen vor. Tut mir leid, das klingt verrückt. Ich weiß natürlich, daß es das Böse in mir ist, das ich in sie hineinprojiziere. Aber ich sehe wirklich einen Dämon in ihr. ›Nur bis zum Gürtel sind sie den Göttern eigen –‹ Ich weiß, es hat mit meinem eigenen Horror vor Sex zu tun und mit meiner eigenen Bestialität – aber es gibt Augenblicke, in denen ich sie wahrhaftig umbringen könnte.« Otto schwankte, seine Augen glotzten, sein Kinn zitterte. Sein Mund zuckte in seinem Gesicht wie ein lebendiges Wesen. Er rappelte sich im Stroh hoch und schüttete sich dabei den Whisky über die Jacke.

Mir war bang um ihn, bang vor ihm. Ich befürchtete, er könnte sogar jetzt noch einen ernstlichen Zusammenbruch erleiden. Ich sprach bewußt ruhig: »Hängt sie wirklich so sehr an dir? Wenn du sagst, du *kannst* sie nicht verlassen –«

»O ja, sie liebt mich«, sagte Otto. »Ich glaube, ich bin das erste Wesen, das sie wirklich liebt. Vielleicht kann sie nur sowas wie ein Ungeheuer lieben. Und ich bin Vater, Bruder, Sohn und Geliebter für sie. Aber es ist nicht nur das. Ich habe solches Mitleid mit ihr. Sie tut mir so leid. Und das macht es mir irgendwie unmöglich, sie im Stich zu lassen. Was würde aus ihr werden? Und ich kann ihre Tränen nicht ertragen, sie sind nicht auszuhalten. Irgendwie beklage ich in ihr das ganze Leid der Welt.«

»Das könntest du in jedem beklagen«, sagte ich etwas ungeduldig. »Sie tut dir leid – und trotzdem ist sie – dein Laster?«

»Diese Dinge sind sehr eng miteinander verknüpft, weißt du«, sagte Otto. »Trostlosigkeit, Verlassenheit, Verwirrung, Sünde. Ich kann an ihre Verzweiflung nicht rühren, denn wenn ich sie bemitleide, verachte ich sie. Wahrscheinlich hat auch das mit mir zu tun. Ich fühle mich als Opfer, Versager und Sünder zugleich. Ach, wenn ich diese Dinge nur trennen könnte. Das habe ich gemeint, als ich vorhin vom Trinken sprach. Man müßte damit aufhören können –«

»– um zu leiden, aber rein, ohne Tröstung?«

»Ja, zu leiden wie ein Tier. Das wäre gottgleich. Aber das kann man nicht. ›Denn wer verlöre gern, sei's auch von Schmerz erfüllt, dies geist'ge Sein, die Ewigkeit durchmessenden Gedanken …‹ Die Gedanken sind das Problem. Es war ein gefallener Engel, der das gesagt hat.«

»Man sollte wohl eher wie ein *nicht* gefallener Engel leiden, denke ich. Aber vielleicht hast du recht, tierisches Leiden ist vielleicht der nächstliegende Begriff, den wir uns davon machen können. Aber du bist metaphysisch, Otto. Du solltest in einfacheren Begriffen über sie nachdenken. Sie ist … ist sie nicht ein bißchen – merkwürdig?«

»Du meinst gestört, verrückt. Ich kann das nicht so sehen. Sie scheint sich mit anderen zu identifizieren, die leiden, und das tut sie sehr intensiv. Manchmal sagt sie allerdings merkwürdige Dinge, David hat mir ein paar davon erzählt. Aber es ist etwas anderes als Verrücktheit. Es ist mehr so, als wären wir, die wir nicht so sind, die Verrückten.«

»Du sagst, Levkin hat dir Dinge erzählt – hast du denn nicht selbst mit ihr gesprochen?«

»Nun ja, nein, wir *reden* nicht gerade. Das heißt, ja, wir reden schon, wir machen Witze.«

»Oh. Traust du Levkin?«

»Ja, natürlich. Er ist mir treu ergeben.«

»Mmm.«

Es war jetzt dunkler in dem Atelier. Die großen Dachfenster füllte ein tiefes Abendblau, aber das Licht im Raum war schon goldbraun und ließ die fließenden Konturen der steinernen Stadt lebhafter hervortreten und verschwimmen zugleich. Ich konnte Ottos Gesicht nicht deutlich sehen. Eine

Menge Stroh aufwirbelnd, rappelte er sich hoch, die Kleider von gelblichem Häcksel übersät, und stand mit kraftlos hängenden Armen und vorgestrecktem Kopf auf wackligen Beinen da wie eine schlaff in ihren Drähten baumelnde Marionette. Es sah aus, als könnte er jeden Augenblick zu Boden krachen. Auch ich stand auf.

»Würdest du etwas für mich tun, Ed?«

»Sicher, wenn ich kann.«

»Würdest du mit Isabel reden?«

Ich war überrascht und ziemlich bestürzt. »Was könnte ich ihr sagen?«

»Oh, was du willst. Sie hat so große Achtung vor dir. Sie muß *irgend etwas* von dieser Sache wissen. Und es bedrückt mich sehr, daß sie es wahrscheinlich – nicht versteht.«

»Ich zweifle daran, daß ich sie dazu bringen könnte, es zu verstehen«, sagte ich grimmig.

»Na ja, sicher nicht. Aber ich hätte gerne das Gefühl, daß wieder irgendeine Beziehung zwischen uns besteht.«

»Aber Otto, das geht nicht – doch nicht jetzt – gerade jetzt. Und außerdem, jede Beziehung, die es zwischen euch beiden noch gibt, hat nichts mit mir oder irgendeinem Außenstehenden zu tun. Ich könnte nur Schaden anrichten.«

»Nein, nein«, sagte er störrisch. »Du würdest Gutes tun, Gutes. Jemand wie du kann gar nicht anders, als Gutes tun. Du würdest Isabel trösten, du würdest sie aufmuntern. Und ich möchte schon, daß sie weiß, daß ich nicht gar so ein Monster bin. Manchmal fürchte ich, daß sie mir einfach davonläuft.«

Das berührte mich; obwohl ich das Gefühl hatte, daß das heutige Gespräch mir kaum genügend Material geliefert hatte, um Isabel zu beeindrucken. »Ich werde ein bißchen mit ihr reden, wenn du möchtest. Aber ich rede vielleicht besser, na ja, sagen wir mal, ganz allgemein mit ihr. Ich halte es nicht für sinnvoll, daß ich Isabel zu erklären versuche, wer du bist. Vor allem gerade jetzt!«

»Ja, ja«, sagte Otto. Er schien erfreut und schwankte begeistert hin und her, als ziehe jetzt jemand an den Drähten. »Nur ganz allgemein. Das ist gut. Ganz allgemein. Du verstehst das so gut, ganz allgemein zu reden. Du wirst ihr helfen.«

»Ich wünsche, ich könnte dir helfen«, sagte ich, »aber ich kann nicht. Vielleicht fehlt uns die religiöse Erziehung.« Ich schickte mich zum Gehen an.

»Es wäre nur eine Selbsttäuschung gewesen«, sagte Otto. »Nicht die Strafe, die Annahme des Todes wandelt die Seele. Das ist Gott. Und natürlich würde das keine organisierte Religion tolerieren. Ich werde halt weitermachen in meinem Schlamassel. Dank' dir trotzdem.«

9 *Edmund wird in Versuchung geführt*

»Na, und wieviel hat unser Inspektor herausgefunden?« fragte Isabel und stocherte energisch im Feuer. Die Holzscheite drehten sich um und zeigten goldene Bäuche, ein Schwall von Funken sprühte knisternd den Kamin hoch. Es war spät an diesem Abend.

»Alles, denke ich«, sagte ich düster. Und mehr, als ich dir erzählen werde, arme Isabel, dachte ich.

Ich konnte mich immer noch nicht entscheiden, ob ich mit Isabel über Flora reden sollte. Es war unwahrscheinlich, daß Flora irgendwohin gegangen war, wo ihre Eltern sie finden könnten. Ich hatte feierlich versprochen, nichts zu sagen, und dieses Versprechen war das letzte Bindeglied des Vertrauens zwischen mir und dem Kind. Sollte es in meiner Macht stehen, ihr später vielleicht doch noch zu helfen, wollte ich diese Möglichkeit nicht sinnlos gefährden. Vorläufig jedenfalls, dachte ich, würde ich schweigen. Aber ich war sehr in Sorge und hoffte, daß der kommende Morgen Neuigkeiten bringen würde.

»Ah, nicht alles«, sagte Isabel. »Bestimmt längst nicht alles. Aber mach weiter. Irgendwann wird die ganze Geschichte ans Licht kommen und zum Himmel stinken.« Aus dem Plattenspieler kam Wagner, aber so gedämpft, daß die leisen Partien unhörbar waren und die lauten nur ein knisterndes Gesumme.

Ich hatte eigentlich die Absicht gehabt, Ottos Bitte erst am nächsten Morgen nachzukommen, aber ich war ruhelos und in Sorge wegen Flora, und ich brauchte einfach Gesellschaft.

Außerdem war ich auf ziemlich schändliche Art neugierig darauf, wie Isabel auf die ›allgemeinen Bemerkungen‹ reagieren würde, die ich keineswegs noch genügend durchdacht hatte, als ich ihr Zimmer betrat.

Abgesehen von einer Lampe mit dunklem Schirm in einer hinteren Ecke war der Raum nur von dem Feuer erhellt, das große Licht- und Schattenwellen über die Szenerie warf. Ich fand es entsetzlich heiß, und der pulverige Geruch des alten Holzes brachte mich zum Niesen. In dem sanften, flackernden Licht sah Isabel hübsch aus, jünger. Ihr braunes Haar war zu einer üppigen Frisur verschlungen, deren Höhe fast der Länge ihres kleinen Gesichtes entsprach und die sich wie ein kunstvoller Hut über ihrer Stirn türmte. Es war so viel Haar da, daß ich mich fragte, ob sie etwa einen Zopf aus eigenem, abgeschnittenem Haar mit eingeflochten hatte, was ich schrecklich finde, aber Frauen tun so was angeblich. Jedenfalls hatte sie sich eine Menge Mühe gegeben: Warum, für wen? Wahrscheinlich, um sich selbst aufzuheitern. Arme kleine Isabel. Und ich erinnerte mich, daß Otto sie tapfer genannt hatte.

Sie trug ein aprikotfarbenes Leinenkleid, das Maggie, wie sie mir erklärte, gerade erst für sie genäht hatte und das noch nicht ganz fertig war. Die Heftfäden waren noch drinnen. Sie probierte es eigentlich nur an. Ob ich die Farbe nicht hübsch fände? Ob die Länge auch richtig sei? Eifrig und mit einem Anflug von Koketterie stieg sie auf einen Hocker, um sich im großen Spiegel über dem Kamin zu betrachten. Ob der Schnitt nicht hübsch sei? Ich sah ihr Spiegelbild im flackernden Licht, das Gesicht eine Spur gerötet von der Hitze, während sie sich auf dem Hokker drehte, eine rundliche, kleine Midinette in Gold. Ich antwortete ihr geistesabwesend.

»Kaffee, Edmund?« Sie war heruntergestiegen und zupfte mich am Ärmel. »Setz dich doch hin. Mußt du die Kissen so aus dem Stuhl schmeißen? Du bist genauso schlimm wie Otto. Also, was ist, Edmund? Erzähl mir alles.«

Der beiläufige Ton war mir nicht ganz geglückt, als ich sie um eine Unterredung gebeten hatte, ja ich hatte es kaum vermeiden können, wie ein Unglücksbote zu klingen. Ich ärgerte mich über mich selbst und ein bißchen auch über Isabels nekkend ironischen Ton, der durchblicken ließ, daß sie mich nicht ganz ernst nahm. Einen Augenblick empfand ich Verständnis für Ottos Ansicht, daß Ironie ein Scheidungsgrund sein sollte.

Um einen plausiblen Anfang zu finden, sagte ich: »Lydias Testament ist offenbar noch nicht aufgetaucht?«

»Nein, ist es nicht«, sagte Isabel mit besorgter Miene. »Ich habe jetzt wirklich überall gesucht. Offenbar hat sie doch keines gemacht. Also könnt ihr zwei jeder die Hälfte haben. Lydia hatte eine Menge Geld, weißt du, obwohl sie so knausrig war.«

Dann sagte ich zögernd: »Isabel, ich habe heute nachmittag ein bißchen mit Otto geredet –«

»Über das, was du gestern nacht im Sommerhaus gesehen hast?«

»Oh – also – ja – ich –«

»Mach dir keine Gedanken«, sagte Isabel ruhig. »Ich weiß darüber Bescheid. Nur ein Mann, der so dumm ist wie Otto, konnte daran zweifeln.«

»Aber woher weißt du, daß ich –?«

»Ich hab' dich hinter der Dame herrennen sehen. Es läßt sich kaum vermeiden, daß man merkt, daß irgendwas nicht stimmt, wenn auf dem Rasen vor dem Haus die Mädchen stöhnen. Otto ist ein armer Narr, wenn er wirklich glaubt, daß alles ein dunkles Geheimnis ist!«

»Ich denke, Otto wird ziemlich erleichtert sein, wenn er erfährt, daß du es weißt. Es macht ihm keine Freude, zu betrügen.« Ich wählte die Worte sorgfältig.

»Er hat gar nichts gegen's Betrügen. Er mag's bloß nicht, wenn man ihm dahinterkommt. Das zehrt an seinen Nerven.«

»Du mußt freundlicher über ihn denken«, sagte ich. »Er leidet sehr unter der ganzen Sache, auch deinetwegen.«

»Dann soll er leiden. Aber hat er dich wirklich als Abgesandten geschickt? Was um alles in der Welt sollst du erreichen?« Sie stieß ein wohlkalkuliertes fröhliches Lachen aus, als ließe sie einen kleinen Vogel entflattern.

»Tut mir leid«, sagte ich. »Ich bin ungeschickt. Aber ich mag Otto. Schon als Kind habe ich –«

»Wenn du über dich reden willst«, sagte sie, »ist das natürlich eine andere Sache. Dazu bin ich gerne bereit. Das wäre viel interessanter. Reden wir also über dich, Edmund. Erzähl mir alles über deine Kindheit.«

Es klang mir eher nach Spott als nach einer ernstgemeinten Aufforderung. Isabel wollte mit Sicherheit über Otto reden. Vielleicht hatte sie ganz recht, mich dafür zu bestrafen, daß ich mich instinktiv selbst ins Spiel brachte.

»Tut mir leid. Um mich geht es nicht. Ich glaube, Otto möchte einfach nur das Gefühl haben, daß wir alle die verfahrene Situation, in der er steckt, vernünftig betrachten können. Er möchte das Gefühl haben, daß darüber geredet oder zumindest nachgedacht werden kann, ohne daß jemand einen Tobsuchtsanfall bekommt. Er möchte erkennen können, wie es um ihn steht. Und ich bin davon überzeugt, daß er wirklich aus der Klemme rauskommen möchte.«

»Er will nicht raus«, sagte Isabel. »Er will sich nur bequemer darin fühlen. Er möchte das Gefühl haben, daß du mich irgendwie beruhigt hast und daß er aufhören kann, sich schuldig zu fühlen. Und was den Tobsuchtsanfall angeht, wem außer ihm würde sowas ähnlich sehen? Er ist für alle Tobsuchtsanfälle in diesem Haus zuständig. Und was soll das heißen, daß ›wir die Situation vernünftig betrachten können‹, wer ist wir? Du warst derjenige, der kaum eine halbe Stunde für uns erübrigen konnte. Warum bist du nicht abgereist, wie du es vorhattest?«

»Nach der letzten Nacht –«, murmelte ich. Ich hoffte, sie würde Flora nicht erwähnen. Ich bin ein sehr untauglicher Lügner.

»Ja, die letzte Nacht muß faszinierend gewesen sein. Haben sie was inszeniert für dich?«

Ich mußte Isabel daran hindern, weiter in diesem Ton mit mir zu reden. Auf ihrem hübschen Gesicht lag ein hämischer Ausdruck, der mir gar nicht gefiel. Ich war das Thema sicher ungeschickt angegangen, und ich wollte sie nicht aufregen. Wie dumm ich gewesen war, mir nicht klarzumachen, daß Otto mir eine unmögliche Aufgabe gestellt hatte, und noch dazu eine, die Isabel gar nicht so falsch beschrieben hatte: Er wollte einfach, daß ich es ›irgendwie in Ordnung bringe‹.

Ich wollte es mit Sachlichkeit versuchen.

»Wie lange weißt du es eigentlich schon?«

»Die Sache mit Otto und diesem erbärmlichen Mädchen? Ach, seit Ewigkeiten schon, von Anfang an. Erstens machen sie solchen Lärm.«

»Lärm?«

»Ja, Krach, Krawall. Mir ist ja egal, was andere Leute tun. In der Zeitung hab' ich von einem Mann gelesen, der mit seiner Frau nur konnte, wenn er sie wie ein Paket in Packpapier einwickelte. Im Vergleich dazu ist Otto klassisch. Aber einen Radau schlagen sie trotzdem. *C'est un vrai bordel là-bas.*«

Ich zog es vor, mich nicht näher darauf einzulassen. »Isabel, du mußt wirklich versuchen, ein bißchen nachsichtig zu sein. Das arme Kind –«

»Edmund, bring mich nicht auf die Palme«, sagte Isabel. »Und tu deine großen Füße da weg, ich möchte den Kaffeetisch verschieben. Es ist mir gleich, daß Otto eine Affäre hat. Ich wäre sogar entzückt darüber. Aber könnte er nicht eine dezente, vernünftige Affäre mit einem normalen Mädchen haben und nicht mit einer armseligen Nutte wie der, so einer verrückten kleinen Tragödin? Und wie ein kleines Tier behandelt er sie, wie den Hund, den Lydia ihm nie erlaubt hat. Ich habe sie miteinander jaulen und bellen gehört. Und das alles mehr oder weniger unter meinem Fenster. Es ist so billig und widerlich, ich hasse dieses ganze Drunter und Drüber ohne Sinn und Verstand –«

»Ich glaub', Otto kann nur mit so einem Mädchen eine Affäre haben«, sagte ich und sah es selbst zum ersten Mal ganz klar.

»Dann sollte er keusch leben wie wir anderen auch. Mit den Jungen hat er übrigens nie was gehabt.«

»Mit welchen Jungen?«

»Den Lehrjungen.«

»Das hoffe ich doch!« Die Möglichkeit war mir nie in den Sinn gekommen.

»Du bist wirklich naiv, Edmund. Bloß weil du nichts für Sex übrig hast, glaubst du, alle anderen sind auch Mönche und Nonnen.«

Das traf mich. Woher wollte Isabel wissen, daß ich nichts für Sex übrig hatte? Außerdem stimmte es nicht.

»Sei es, wie es sei«, sagte ich recht unfreundlich, »wie du schon erwähnt hast, geht es nicht um mich. Kann ich dir mit dem Holz helfen?«

Isabel zog ein ziemlich großes Holzscheit aus der Kiste. Zusammen legten wir es auf die Glut, und ein Regen von Asche fiel durch den Rost und bedeckte den Steinboden des Kamins mit kieselgroßen glühenden Brocken. »Du solltest dir ein Schutzgitter anschaffen, Isabel.«

»Das hat Lydia auch immer gesagt. Und ich habe nichts dergleichen erwähnt. Ich würde viel lieber über dich reden als über Otto.« Wir standen einander jetzt Auge in Auge vor dem Kamin gegenüber. Ich rückte ein wenig von der sengenden Hitze ab. Ich spürte, daß mein Gesicht genauso heiß und goldüberglüht war wie das von Isabel. »Soll ich dir etwas zeigen, Edmund? Schau her.«

Sie streckte die Hand aus. Erst begriff ich nicht, was sie mir zeigen wollte. Dann wurde mir klar, daß es die Hand selbst war, die Hand mit der langen Narbe. »Da hast du dich verbrannt, hast du gesagt –«

»Nein«, sagte sie verächtlich. »Das sieht doch jeder, daß das keine Brandnarbe ist! Da, faß sie an.« Sie streckte mir die Hand entgegen wie ein Ding, und ich nahm sie zaghaft, vorsichtig. Es war eine kleine Hand. Mit einem leichten Frösteln spürte ich die glatte Vertiefung der Narbe.

»Was dann –?«

Isabels Finger schlossen sich um meine. »Das war Otto, mit einem Meißel. Ich werd' diese Narbe tragen bis an mein Lebensende. Und, bei Gott, es war nicht das einzige Mal –«

»Das tut mir leid –«, sagte ich. Ich war entsetzt, daß Otto dazu fähig gewesen war, Hand an seine Frau zu legen. Ich wußte natürlich, daß er ein gewalttätiger, jähzorniger Mann war. Aber das hatte ich mir nicht erwartet. Ich bin manchmal selbst leicht aufbrausend, aber ich hätte nie eine Frau schlagen können, schon bei dem bloßen Gedanken wurde mir übel.

»Oh, du weißt nichts, Edmund, nichts –«, sagte Isabel matt und wandte sich ab. »Aber eins solltest du wissen, wenn du schon daherkommst und mir so freundlich sagst, daß ich nachsichtig sein soll: Ich habe die Nase voll von Otto. Es ist mir gleich, wie viele Mädchen er hat.«

Ich starrte auf meine Stiefel. Ich kam mir dumm vor. Ich fühlte mich schuldig. Mir war übel. Ich verspürte einen körperlichen Widerwillen gegen sie beide, Otto und Isabel. Das war ungerecht, aber ich konnte nicht dagegen an. Mir war schon oft der Gedanke durch den Kopf gegangen, daß Eheleute praktisch nichts anderes sind als obszöne Tiere, und das Bild dieser Ehe erfüllte mich plötzlich mit einem allumfassenden Ekel. Ich wollte weg von hier.

Isabel mußte das gespürt haben, oder vielleicht empfand sie denselben Ekel, vor Otto, vor sich selbst, vor allem. Mit matter, kläglicher Stimme sagte sie: »Es ist wohl besser, wenn du jetzt gehst, Edmund. Du hast getan, worum Otto dich gebeten hat.« Sie trat mit ihrem kleinen, hochhackigen Schuh in die stumpfrote Glut.

Sie tat mir furchtbar leid, und ich war wütend auf mich selbst. Ich hätte unserem Gespräch gern eine heilsame Wende zum Einfachen gegeben. Ich sagte: »Bitte, Isabel, kann ich dir nicht helfen, kann ich denn nicht irgend etwas tun?«

»Bestimmt nicht. Oder doch, ja, du kannst. Um was könnte ich dich bitten? Du könntest die Heftfäden aus dem Saum dieses Kleides ziehen, dazu müßtest du doch imstande sein.« Sie stieß ein verrücktes kleines Lachen aus. »Da, nimm die Schere. Paß auf, daß du alle Fäden durchtrennst und daß du nicht in den Stoff schneidest.«

Sie schob die Stühle weg, um vor dem Kamin Platz zu machen. Ich kam mir wie ein Idiot vor, aber ich kniete mich ungeschickt hin und begann an den weißen Fäden im Saum des Kleides zu schnipseln und zu zupfen. Die Aufgabe brachte mich mehr und mehr aus der Fassung. Ich sah Isabels rundliche, nylonbestrumpfte Beine und den weißen, gezackten Saum ihres Unterrocks aus nächster Nähe. Es war schwer, nicht mehr zu sehen. Ein warmer Duft nach wohlriechender Seife, Parfum und sauberer, samtiger Haut stieg mir in die Nase. Ich gab mir Mühe, meine Hände ruhig zu halten.

»Das wird reichen«, sagte Isabel von oben.

Ich legte die Schere auf den Boden und erhob mich. Als ich mich aufrichtete, bemerkte ich, daß etwas Seltsames geschehen war. Mit Isabel war eine Metamorphose vor sich gegangen, sie hatte sich verwandelt wie eine Nymphe in einer Sage. Ihr Kleid war bis zur Taille offen und entblößte zwei runde, rosarote Brüste.

Sie stand reglos da wie ein gebanntes Wild und blickte mit verschwimmenden, verlangenden Augen und leicht geöffnetem Mund zu mir auf. Ich sah auf ihre Brüste. Es war Jahre her, daß ich Frauenbrüste gesehen hatte. Dann griff ich nach dem Oberteil des Kleides, das sie weit auseinanderhielt, und zog es sanft, aber bestimmt wieder zu. Ich spürte, wie ihre kleinen Hände in meinen flatterten.

In diesem Augenblick, oder vielleicht eine Sekunde davor, war ein Geräusch an der Tür, es klopfte, jemand trat ein. Isabel und ich, verwirrt vom Schock unserer Begegnung, reagierten beide nur langsam. Ja, Isabel rührte sich kaum, wandte kaum den Kopf, als Maggie mit einem Tablett ins Zimmer kam und abrupt vor unserem kleinen Tableau stehenblieb.

Ein Augenblick des Schweigens, dann fiel die Tür scharf wieder zu. Isabel und ich starrten einander immer noch an. Dann begann sie leise zu weinen.

Zweiter Teil

10 *Onkel Edmund* in loco parentis

Ein Sprung in Buchsbaumholz läßt sich am besten heilen, indem man das Holz für etwa vierundzwanzig Stunden an einem kühlen, feuchten Ort läßt; gewöhnlich erholt sich dann der Patient sogar von einem ziemlich ernsten Bruch auf wundersame Weise. Ich untersuchte zufrieden die Blöcke, die ich soeben aus dem Keller geholt hatte. Sie waren gut verheilt. Wer nicht mit solchen Materialien arbeitet, sich nicht mit diesen dinglichen Aspekten der Natur befaßt, kann sich kaum einen Begriff davon machen und wird kaum glauben, wie empfindungsträchtig und inspirierend so ein Stück ungeformten Stoffes wirken kann. Ich kann mir gut vorstellen, was ein Bildhauer empfindet, wenn er einen Steinblock betrachtet, obwohl ich es selbst nie empfunden habe. Aber wenn ich ein Stück Holz ansehe oder anfasse, kann das meine Phantasie ganz schön auf Touren bringen. Da ist der feine Unterschied zwischen Buchsbaumholz und Birnenholz, dem Männlichen und dem Weiblichen in der Welt des Holzschneiders. Aber es ist auch ein ausgeprägter individueller Unterschied zwischen einem Stück Buchsbaumholz und einem anderen. Jedes ist erfüllt von einem anderen Bild.

Vier Tage waren vergangen. Ich wartete noch immer, trieb mich herum. Ich hatte keine neue Vorstellung von meiner Rolle, ja ich hatte überhaupt keine klare Vorstellung davon. Und nichts geschah, ich hatte nichts getan. Flora war nicht zurückgekehrt, ich konnte sie nicht finden. Ich fühlte mich ziemlich elend.

Zuweilen sagte ich mir, daß ich mich ganz einfach ›involviert‹ fühlte oder daß ich mit morbider Neugier auf irgendeinen Skandal wartete, dessen nutzloser und in gewisser Weise befriedigter Betrachter ich sein würde. Dann wieder sagte ich mir, daß ich besser abreisen sollte. Es hatte etwas mit Eitelkeit zu tun, daß ich blieb, mit dem eitlen Wunsch, eine verlorene Würde wiederzuerlangen. Isabels Vorstellung von mir als Heiler hatte tieferen Eindruck auf mich gemacht, als ich mir eingestehen mochte. Da ich jedoch niemanden geheilt und bei der einzigen Aufgabe, wo ich ein bißchen Gutes hätte tun können, grob versagt hatte, sollte ich wohl besser heimfahren, sagte ich mir, und die bittere Unvollkommenheit meines Kurzbesuchs verdauen. Ich sollte besser heimfahren und um Lydia trauern.

Aber ich blieb. Nach allem, was geschehen war, schien es unmöglich, zu gehen, ohne mehr zu erfahren. Ich war involviert, und in keinem schlechten Sinn. Ich blieb aus einem Gefühl der Zuneigung für meinen Bruder und meine Schwägerin; ich blieb, um Flora nicht ganz die Treue zu brechen. Ich hatte noch mehrmals vergeblich telefoniert. Mit Isabel hatte ich immer noch nicht darüber gesprochen. Dieses Problem quälte mich unentwegt, aber ich befand, daß es besser war, zu schweigen. Isabel würde genauso hilflos sein wie ich, und wenn das Schlimmste passiert war, war es vielleicht sogar besser, wenn sie überhaupt nichts wußte – oder zumindest schien es fair, diese Entscheidung jedenfalls Flora zu überlassen. Ich nehme es sehr genau mit Versprechen. Und wie immer man die Sache besah, es war auf jeden Fall besser, Otto im dunkeln zu lassen. Aber meine Verantwortung quälte mich, und dazu das Gefühl, daß ich nur schwieg, weil ich meine gewissermaßen privilegierte Position nicht aufgeben wollte, nicht wollte, daß Isabel die Fäden in die Hand nahm und ich überflüssig wurde. Ich überlegte hin und her.

Ich versuchte auch an Lydia zu denken, aber ich wußte nicht, wie ich an sie denken sollte. Es schien mir angebracht, jetzt und hier, wo ihre Gegenwart, ihre Abwesenheit, noch stärker spürbar waren, damit zu beginnen, mir die Vorstellung, daß sie tot war, zu vergegenwärtigen, sie anzunehmen. Aber ich schien immer wieder zu vergessen, daß sie gestorben war, als spiele das keine Rolle, und kehrte in meinen Gedanken ständig zu der alten unsterblichen Lydia zurück, die ich in mir trug. Derlei Betrachtungen lieferten mir keinen vertretbaren Vorwand zum Bleiben. Und manchmal dachte ich mir, daß ich in Wirklichkeit nur blieb, weil ich den Gedanken an die Rückkehr in meine einsame kleine Wohnung nicht ertragen konnte, die ziemlich kalt und unpersönlich wurde, wenn ich fort war, als vergäße sie mich gänzlich, sobald ich hinter mir die Tür geschlossen hatte. Im Vergleich dazu war das Pfarrhaus warm und heimelig wie ein Schweinestall. Es war bei all seinem Elend ein herrlich bewohntes Haus. Und von irgendwo, ich war nicht sicher, woher, entströmte ihm etwas sanft Bezwingendes, das mir das unerwartete Gefühl gab, zu Hause zu sein.

Ich hatte Otto versprochen, ihm dabei zu helfen, Lydias Dinge durchzusehen, aber wir verschoben es immer wieder. Wir hatten immer noch Angst vor ihr, es schien immer noch eine Art Sakrileg, ihre Sachen anzurühren. Halbherzig räumten wir ihren Schreibtisch aus, den Isabel bereits durchwühlt und in Unordnung gebracht hatte. Vom Testament war immer noch keine Spur, und wir kamen zu dem Schluß, daß es keines gab. Aber wir fanden eine Menge anderer Dinge, darunter auch alle Briefe, die Otto und ich ihr aus der Schule geschrieben hatten, mit Bändchen verschnürt, Ottos Briefe mit einem blauen, meine mit einem rosaroten. Wir trugen die Päckchen ungeöffnet zum Küchenherd und verbrannten sie. Wir konnten uns nicht dazu überwinden, ihre Kleider anzufassen. Die Schränke quollen über von den fröhlichen Kleidern mit den langen Röcken; und da Isabel es ablehnte, irgend etwas damit zu tun zu haben, baten wir schließlich Maggie, sich der Sachen anzunehmen. Sie verschwanden alle über Nacht, zweifellos hatte Maggie sie in der Stadt an die Leute verteilt, die Otto ihre ›Bittsteller‹ nannte.

Nach der seltsamen Szene in ihrem Zimmer hatte es zwischen mir und Isabel keine weitere ›Erklärung‹ gegeben. Aber es herrschte eine Art Frieden oder Waffenstillstand zwischen uns, zu dem ich die ziemlich steife Würde beitrug, mit der es mir gelungen war, die Situation zu bewältigen, und Isabel eine Art philosophischer Reue und Zerknirschung. Sie machte es besser als ich, und ich hätte die Lage gern mit irgendeiner freundlichen Geste geklärt, aber ich hatte Angst, ein noch größeres Schlamassel heraufzubeschwören. Genaugenommen half uns eine wortlose Zuneigung auf beiden Seiten über die Peinlichkeit hinweg, und wir machten weiter, als wäre nichts geschehen, oder doch fast. Jedenfalls hatte ich das Gefühl, daß ich jetzt eine klarere Vorstellung davon hatte, wie Isabel sich selbst sah: als eine Art *femme fatale* und verhinderte Königin. Wäre sie eine glücklichere Frau gewesen, hätte sie sich als Lou Andreas-Salomé ihrer kleinen Stadt in Szene gesetzt. Wie die Dinge jedoch lagen, strahlte sie nur diese dunklen, vibrierenden Wellen sexuellen Verlangens und eine Art Pseudoautorität aus und verbreitete damit, auch wenn ich mich beidem gegenüber strikt indifferent gab, eine allgemeine Unruhe.

Ich hatte kein weiteres vertrauliches Gespräch mit Otto geführt, ja ich hatte ihn kaum gesehen, da er jetzt den Großteil des Tages im Sommerhaus zu verbringen schien. In Abständen ging ich zu dem leeren Atelier, und es betrübte mich, sein Werkzeug so nutzlos herumliegen zu sehen. Levkin sah ich nur aus der Ferne im Garten. Sooft er mich erblickte, schien er sich vor Lachen zu krümmen, gestikulierte wild und machte einen Luftsprung. Ich beachtete es nicht.

Ich hatte eine Orange gegessen, und das dunkle Holz roch nun durchdringend nach der Frucht. Es war ein Kindheitsgeruch, dem für mich immer noch eine Mischung von Unschuld und Ekel anhaftete. Orangen gehören zu den wenigen Früchten, deren Geschmack ich mag, gegen deren Geruch ich jedoch eine Abneigung habe. Ich stapelte die Buchsbaumblöcke sauber übereinander und räumte die Orangenschalen vom Tisch. Ich saß in der Küche. Seit gestern hatte ich entdeckt, daß ich mich gern in der Küche aufhielt. Das Wetter war windig und regnerisch geworden, und ich war froh über einen warmen Winkel. Ich ging jeder Begegnung aus dem Weg und mied gleicherweise das seltsam strenge Zimmer meines Vaters, aber in der Küche zu sitzen bedurfte keiner Rechtfertigung. Es war ein hoher, quadratischer Raum mit einem glänzenden Linoleumbelag mit großen schwarz-weißen Vierecken wie ein Tintoretto-Boden. Der original viktorianische Herd, ein großes, schwarzes Ding, das mein Vater sehr geliebt hatte, glühte und knisterte in einer Ecke in einem großen Verbau aus holländischen Kacheln, umgeben von altersschwachen Korbstühlen. Der große Tisch mit der vom vielen Schrubben abgewetzten, narbigen Platte war meiner Hand ebenso vertraut wie meinen Augen. Es war der natürliche Platz gewesen, um Hausaufgaben zu machen, mit dem Baukasten zu spielen oder ein elektrisches Gerät zu zerlegen. Hier hatte ich auch voller Eifer meine ersten kostbaren Holzblöcke ruiniert. Hierher war ich, soweit ich zurückdenken konnte, in Kummer und in Freude gekommen, unter dem Regiment von Carlottas und Giulias und Vittorias.

Es war etwa fünf Uhr Nachmittag, eine Zeit, zu der ich immer leicht reizbar und unruhig bin. Die quälende Sorge um Flora ließ mich keinen Augenblick los. Und ich hatte mich noch nicht ganz von dem Schock meines Erlebnisses mit Isabel erholt, einem Schock, der nun seltsam losgelöst war von Isabel, als wäre ihr ein Dämon entsprungen, der mich immer noch neckte. Ich streckte die Beine aus und ließ meinen Blick auf einem Haufen kirschroter Seide am anderen Ende des Tisches ruhen, an dem Maggie genäht hatte, wahrscheinlich ein Kleid für Isabel. Wie eine richtige Leibeigene hatte das italienische Mädchen immer die Kleider für Isabel und Lydia genäht. Lydias schöne, alte Zigeunerkleider, zu denen mein lieber Vater sie inspiriert hatte und die er so gerne an ihr sah, waren alle von Maggie gemacht; oder vielleicht von Giulia oder Vittoria oder Gemma oder Carlotta.

Maggie hatte ihre Näherei liegenlassen und war an einem Nebentisch mit einem zerlegten Huhn und Gemüse beschäftigt. Das Huhn brutzelte schon leise in einem Topf, während Maggie mit flinken kleinen Fingern die verschmutzten, fleckigen Häute von großen Pilzen zog und die cremigweißen, fleischigen Köpfe bloßlegte. Dann hackte sie mit raschen, kleinen Bewegungen gelblichweiße, riffelige Selleriestangen und eine große, feuchte Zwiebel auf einem ovalen Schneidbrett. Der scharfe Geruch trieb mir die Tränen in die Augen, während Maggie schon an der silbergrauen, papierenen Hülle eines Knoblauchs zupfte und die rundlichen, gelben Zehen herausschälte. Ein Glas Rotwein stand neben ihr auf dem Tisch. Ich ließ meinen Blick von ihren Händen nach oben wandern. Ihr blasses, knochiges Gesicht sah feucht und irgendwie nackt aus, und ihre großen, dunklen, strengen Augen tränten ein wenig von der Zwiebel. Der ausgeprägte Schwung der Nasenflügel wiederholte sich in der langgezogenen Kurve des schmalen Mundes. Es war ein wildes, intelligentes und doch irgendwie ungeschütztes Gesicht. Ihr üppiges, straff zurückgebundenes Haar schmiegte sich in einem langen, locker geschlungenen Knoten an den Nacken, schwarz wie Onyx, glänzend wie Lack. Sie trug kein Make-up. Hatten die anderen auch so ausgesehen? Ich konnte mich nicht erinnern.

»*Che cosa stai combinando*, Maggie?«

»*Pollo alla cacciatora.*«

Plötzlich drang Lärm aus der Diele, und dann hörte man jemanden geräuschvoll die Treppe hinauflaufen. Ich drehte mich ruckartig um und erhaschte eine Momentaufnahme von

Flora in Hut und Mantel. Ich sprang auf und war in einer Sekunde aus der Küche.

Die Tür zu Floras Zimmer schlug mir vor der Nase zu, und ich hörte, wie der Schlüssel umgedreht wurde. Ich drückte gegen die Tür und sagte leise: »Flora, Flora –« Ich kratzte an der Tür wie ein Hund. Ich wollte Isabel nicht aufschrecken. Ich hatte den heftigen, verzweifelten Wunsch, das Kind allein zu sprechen, herauszufinden, was geschehen war, sie einfach nur zu sehen. Mein Herz hämmerte vor Kummer und Angst. »Bitte, Flora –«

Nach ein, zwei Augenblicken ging die Tür leise auf, und ich schlüpfte hinein. Flora hatte Hut und Mantel abgeworfen. Ihr Haar war mit einer Unzahl von Spangen und Nadeln auf dem Hinterkopf zu einer verschlungenen Masse aufgetürmt, und sie sah älter aus, hübscher. Trotzdem war es immer noch das durchscheinende, milchige, unschuldige Gesicht eines jungen Mädchens. Sehr selbstbewußt, gerade und aufrecht stand sie da, den Kopf trotzig zurückgeworfen.

»Nun, Onkel Edmund, was kann ich für dich tun?«

Mir blieb vor Aufregung, plötzlicher Angst und Reue fast der Atem weg, aber noch ein anderes Gefühl mischte sich mit ein, als ich sie so groß, so hübsch, so perfekt, so durchdrungen von der aufreizenden Vitalität ihrer Jugend vor mir stehen sah. »Ach Flora, ich habe mir solche Sorgen um dich gemacht. Es tut mir so leid, daß ich damals an dem Morgen nicht gekommen bin. Ich kam später, aber da warst du schon weg –«

»Es spielt keine Rolle«, sagte sie. »Es hätte nichts geändert.« Auf ihrem Gesicht lag ein Strahlen, das etwas Verrücktes an sich hatte. Sie starrte mich an.

»Was ist geschehen, Flora?«

»Ich hab's mir wegmachen lassen!« Sie lachte kurz.

»O Gott.« Ich setzte mich auf ihr Bett. Ich hatte es gewußt, natürlich, ich hatte es sofort gewußt, als sie gegangen war, daß das geschehen würde. Aber ich empfand einen neuen Schmerz, ich kam mir wie ein Mörder vor. »Das hättest du nicht tun sollen –«

»Ich bin zu dem Schluß gekommen, daß dein moralisches Gefasel keinen Zweck hat. Es gibt Momente, in denen man dem eigenen Instinkt folgen muß, in denen man tun muß, was man tun will. Und ich hätte mir das Ding am liebsten herausgerissen. Wenn ich das Kind bekommen hätte, hätte ich es getötet.«

»Du hast es getötet.« Die Worte waren brutal, aber die Anklage war gegen mich selbst gerichtet.

»So ist es nicht!« Sie stampfte mit dem Fuß auf. »Was weißt du schon davon? Du bist ein Mann. Du kannst dir nicht vorstellen, was es heißt, diesen Krebs in dir zu spüren, zu spüren, wie er deine Jugend auffrißt, dein Glück, deine Freiheit, deine ganze Zukunft. Männer haben leicht moralisch daherreden! Aber wer hat je von den Problemen unverheirateter Väter gehört? Sie haben keine!«

Ich wußte, daß es sinnlos und herzlos gewesen wäre, ihr jetzt Vorwürfe zu machen. Sie war randvoll von diesem Gefühl ihres Rechts auf Freiheit, ihres Rechts auf Glück, das die Jugend den Älteren oft so unleidlich und rücksichtslos erscheinen läßt. Kein Mensch hat ein Recht auf Glück und schon gar nicht das Recht, auf dem Leben anderer herumzutrampeln. Aber in einem altgewohnten Automatismus richtete ich den ganzen Tadel gegen mich selber und dachte: Ich kann das nur deshalb so klar sehen, weil ich schon vor langem meine eigenen Hoffnungen auf Glück aufgegeben habe. Sie hat noch eine glückliche Zukunft vor sich.

Wir sahen einander in die Augen. Ich immer noch sitzend, sie an die Fensterbank gelehnt, das Kinn erhoben, während die Hände nervös über den Rock ihres schicken schottischen Trägerkleides strichen. Sie sah sehr hübsch aus und voll des neuen Lebens, welches das geopferte Leben ihr gegeben hatte. Ich spürte einen gereizten Stich von Neid und empfand zugleich eine Art Bewunderung für ihre pralle Vitalität.

Verstört, in die Enge getrieben, sagte ich: »Ich hoffe, du warst wenigstens vernünftig genug, die Sache anständig machen zu lassen –«

»Oh, ich war in den besten Händen! Man hat mir Geld geliehen.«

»Mr. Hopgood, nehme ich an. Und was empfindet er dabei –?« Ich hörte das Alter und den Neid aus mir sprechen, aber ich konnte nicht anders. Am liebsten hätte ich den Kopf in die Hände gelegt und geweint vor Zorn und Trauer über die ganze Geschichte. Und das Wichtigste daran, die Tatsache, daß sie sich entschlossen hatte, ein menschliches Leben zu vernichten, war für mich schon fast zur Nebensache geschrumpft, winzig und verloren wie der Embryo selbst.

»Hopgood –?« Sie sah mich einen Augenblick verständnislos an. Dann begann sie wild zu lachen. »Oh, Charlie Hopgood, der Gute! Er war eine reine Erfindung. Ich habe einfach ganz spontan irgendeinen Namen gesagt.«

»Du meinst – es war jemand anderer?«

»Wie schnell du schaltest, Onkel Edmund! Ja, es war jemand anderer, und rate mal, wer.«

Ich stand auf, und sie setzte sich, schlug die Beine übereinander und zog sich den Rock übers Knie. Es war deutlich zu sehen, daß sie vor Erregung bebte.

Ich tappte im dunkeln. »Ich weiß nicht. Flora –«

»Schau dich doch um im Haus, schau dich doch um. Da gibt es einen hübschen Jungen, einen hübschen, kleinen, jungen Bock –«

»Mein Gott, Levkin. Doch nicht wirklich. Du meinst doch nicht David Levkin – er war der Vater –?«

»Oh, wie dumm du bist. Ja natürlich. Lag das nicht auf der Hand? Warum kannst du dir das nicht denken und es verstehen? Und warum mußt du alles so grob heraussagen? Du bist so brutal zu mir. Männer sind alle brutal und gemein. Schau dir doch meinen Vater an. Er ist nichts anderes als ein großes

Monster, ein Rhinozeros oder so was, häßlich, gewalttätig und scheußlich. Und du bist genauso …« Ihre Stimme war hoch und tränenerstickt. Sie preßte sich die Hände ans Gesicht, eine über den Mund gelegt, die andere mit gespreizten Fingern gegen die Stirn gedrückt, wie um zu verhindern, daß ihr der Kopf zersprang.

Ich blickte auf ihre vom Druck gebogenen Finger. Einen Augenblick war ich fast ohnmächtig vor Zorn. David Levkin. »Warum hast du es mir nicht gesagt?«

Sie riß die Hände weg. Ihr Gesicht war rot und naß, und sie bleckte fast die Zähne. »Warum sollte ich? Hast du irgendein Anrecht auf die Wahrheit? Du kommst nie hierher, ich kenne dich kaum. Ich habe es dir gesagt, weil ich es irgend jemandem sagen mußte, und du warst mir ja auch wirklich eine große Hilfe! Aber ich war nicht sicher, ob du es nicht Vater erzählen würdest, du mit deinen sentimentalen Vorstellungen. Und ich wollte nicht, daß Vater David das Genick bricht.«

»Warum sagst du es mir jetzt?« Ich sprach kühl, aber innerlich loderte ich. Ich konnte ihre Befürchtungen in bezug auf Otto gut verstehen.

»Oh, jetzt spielt es irgendwie keine Rolle mehr. Jetzt bin ich wieder in Ordnung –«

»Mach dir keine Sorgen, ich werd's ihm nicht sagen.«

»Es ist mir egal, was du tust, Onkel Edmund. Du interessierst mich nicht mehr. Oh, das gefällt dir wohl nicht, ich sehe, daß dir das nicht gefällt. Aber du kannst jetzt deiner Wege gehen. Es gibt keinen Grund mehr zum Bleiben. Die Show ist vorbei. Du hast wohl die ganze Zeit in einem Kloster gelebt. Und jetzt bist du aus dem Häuschen, weil du ein paar wirkliche Frauen gesehen hast. Na schön, geh zurück, geh zurück zu deinem verkrüppelten Leben. Überlaß das wirkliche Leben den Menschen, die dazu fähig sind.«

Sie stand auf, drehte mir den Rücken zu und begann sich mit einem Blick in den kleinen, herzförmigen Spiegel auf ihrer Frisierkommode das Gesicht zu pudern. Ihr weiter Schottenrock schwang unverschämt hoch wie eine Glocke, als sie sich vorbeugte.

Ich stand da wie ein Affe, mit hängenden Armen. Ich konnte sie so nicht verlassen. Ihre Worte hatten mich zutiefst verletzt. Aber ich hatte fast das Gefühl, ich müßte sie um Entschuldigung bitten, weil ich sie dazu gebracht hatte, so häßliche Dinge zu sagen. »Flora, mir ist völlig klar –«

»Ach, öd mich nicht an«, sagte sie mit müder Stimme und schminkte sich dabei hingebungsvoll die Lippen. »Keiner will dich hier. Geh nach Hause und spiel mit deinen kleinen Holzblöcken.«

Ich starrte auf die weißen Ärmel der Bluse, die sie unter dem Trägerkleid trug. Sie waren bis zum Ellbogen hochgekrempelt und ließen ihre runden, zwiebackfarbenen Unterarme sehen. Ich sah es mit der Deutlichkeit, mit der man ein geliebtes Detail in einem Bild sieht, es schien sich in meinem Kopf von der schrecklichen Mischung aus Zorn und Selbsterniedrigung zu lösen. Fast ohne zu wissen, was ich tat, machte ich ein paar Schritte nach vor und griff nach ihrem Arm. »Flora –«

Ich mußte sie härter angepackt haben als beabsichtigt, denn sie zuckte zusammen, stieß einen kleinen Schrei aus und fuhr zurück. Mit der anderen Hand holte sie aus, als wollte sie mich schlagen, vielleicht auch nur wegstoßen, und ich fing sie im Flug wie einen Vogel und schloß fest meine Finger darum. »Flora, bitte –« Ich wollte sie nur beruhigen, trösten, sie daran hindern, mich weiter so grob anzufahren, den Schmerz lindern, der sie dazu bewog. Aber nun geschah etwas ganz anderes. Ich sah ihr zorniges Gesicht dicht vor mir, sah ihre Zunge und ihre Zähne, sie trat mir schmerzhaft gegen das Schienbein, und da ließ ich ihre Hand los, legte meinen Arm um ihre Mitte und zog sie so fest an mich, daß sie sich nicht mehr wehren konnte. Als ich spürte, wie sie in meinen Armen erschlaffte, senkte ich mit einem Seufzen mein Gesicht in ihr Haar, das sich zu lösen begann und auf meinen Ärmel fiel. Ich starrte auf die langen, goldroten Strähnen auf meinem dunklen Ärmel. Ein weiteres Detail.

Ich hörte ein Geräusch hinter mir. Als ich Flora losließ, sie sozusagen sanft auf die Beine stellte, spürte ich, ohne den Kopf zu wenden, daß David Levkin in der Tür stand. Dann raste ein wütendes, zerrauftes Wesen wie eine flüchtende Wildkatze durchs Zimmer und schoß an Levkin vorbei durch die Tür. Levkin machte hinter ihr die Tür zu, stand da und sah mich an. Ich setzte mich aufs Bett und bedeckte mein Gesicht mit den Händen.

11 *Ein modernes Ballett*

Ich legte mir eine Hand aufs Herz, das wie ein verzweifeltes Tier gegen meinen Brustkorb klopfte, mit der anderen fuhr ich mir durchs Haar und übers Gesicht. Mir war, als müßte es gealtert sein, entstellt von Verlegenheit und Scham. Einen Augenblick lang war ich mir der Gegenwart Levkins kaum bewußt.

Als mein Atem wieder ruhiger ging und ich mein Gesicht gewissermaßen in Ordnung gerieben hatte, blickte ich zu ihm auf. Er stand noch in derselben Haltung neben der Tür, eine Hand auf der Türklinke, die andere am offenen Kragen seines weißen Hemdes. Ein weicher, belustigter Zug lag um seine breiten, vollen Lippen, aber die zusammengekniffenen Augen waren nur noch schmale Schlitze voll zynischem Mißtrauen.

»Na, Onkel Edmund«, sagte er schließlich, »wie steht's mit Ihnen?«

Ich starrte ihn schweigend an, und er verließ ein wenig nervös seinen Platz an der Tür und stellte einen Stuhl zwischen sich und mich. »Na, Onkel, wie steht's jetzt mit Sir Galahad, wie steht's mit dem Heiligen Edmund, dem Bekenner –?«

»Sie waren es also«, sagte ich.

»Ich war es. Ja, ich war der Glückliche.«

»Otto hat Ihnen vertraut.« Ich sprach leise. Ich war mir jetzt des heiligen Zorns in mir bewußt, der heiligen Wut, die mich von der Scham reinigte. »Er hat Ihnen vertraut, und Sie –«

»Lord Otto ist taub und blind. Er hat andere Dinge im Kopf. Und was Sie anlangt, warum sollte ich mir von Ihnen etwas sagen lassen? Warum sollte ich mir meinen kleinen Triumph nicht gönnen? Es war zu schön, Sie so auf frischer Tat zu ertappen, Onkel Edmund, zu schön. Aber nein – Sie sollen mir Vorwürfe machen. Los, geben Sie es mir tüchtig, stoßen Sie mir den Dolch ins Herz, ich verdiene es!« Er lachte und riß sich das bis zur Mitte aufgeknöpfte Hemd mit einer dramatischen Geste weit auseinander. Als ich mich erhob, packte er den Stuhl und kam damit ein paar Schritte auf mich zu.

»Sie scheinen nicht zu wissen, was Sie getan haben –« Ich erstickte fast an den Worten. Ich wollte ihn mit Blutegeln und Skorpionen züchtigen, krümmen sollte er sich und wimmern.

Er hüpfte mir vor der Nase herum wie ein übermütiges Kind. »O doch, o doch! Wie heißt es gleich im Evangelium? ›Besser, man hängt ihm einen Mühlstein um den Hals und wirft ihn ins Meer, als daß er einem dieser Kleinen Ärgernis gibt.‹ Das geht mich an. Mich.« Er rasselte das Zitat mit Wonne herunter. »Aber wie heißt es noch im Evangelium, lieber Onkel? ›Wer unter euch ohne Sünde ist, der werfe den ersten Stein.‹« Mit diebischem Vergnügen tanzte er hinter seinem Stuhl herum und schob sich damit ein wenig ans Fenster heran.

»Sie müssen dieses Haus verlassen«, sagte ich. Das wenigstens konnte ich von ihm verlangen. »Ich begreife nicht, woher Sie die Unverschämtheit nehmen, jetzt noch hierzubleiben, nachdem –«

»Aber Onkel, Onkel, keine Grobheiten – vergessen Sie nicht, wir befinden uns im Boudoir einer Dame!« Mit einem Satz war er, immer noch den Stuhl zwischen uns hochhaltend, wieder bei der Tür. Im Vorbeigehen nahm er etwas Weißes vom Bett und wedelte mir damit vor der Nase herum, dann vergrub er halb sein Gesicht darin und schielte dabei zu mir. Ich sah, daß es Floras dünnes, weißes Nachthemd war. Ich begann zu zittern.

»Liebliche Blumen und reife Beeren, lieber Onkel. Wir lieben sie beide, nicht wahr, wir genießen sie beide. Und wenn wir fallen, wissen wir, wohin wir fallen möchten. Sogar Sie – oder tu' ich Ihnen Unrecht, lieber Onkel? Vielleicht mögen Sie in Wirklichkeit gar keine Mädchen? Vielleicht ziehen Sie Jungen vor, appetitliche, milchweiße Jungen, schön wie Engel? Aber nein – in Wirklichkeit lieben Sie gar nichts, Onkel, überhaupt nichts. Und darum hassen Sie uns, sie hassen es, uns dabei zuzusehen. Ist es nicht so, Onkel Edmund?« Er sprach leise und schielte dabei durch eine braune Haarsträhne zu mir her, sein Körper war reglos und gespannt, sprungbereit.

Ich erhob die Stimme nicht. »Gehen Sie, Levkin, sonst hau' ich Ihnen womöglich noch eine rein.« Mein Zorn begann mich zu ängstigen.

Er drehte den Türknauf hinter sich halb herum, aber es schien ihn zu entzücken, zu faszinieren, daß er die Macht besaß, mich in Wut zu bringen. »Schlagen Sie mich doch, verprügeln Sie mich! ›Schlägt dich einer auf die rechte Wange, so halte ihm auch die andere hin.‹ Ich halte Ihnen beide hin, Onkel. Ich halte Ihnen – ah!«

Ich machte eine kleine Bewegung, und er öffnete halb die Tür, bereit hinauszuwischen, sein breites Gesicht eine glatte Fläche grinsenden Spotts, seine Augen zwei funkelnde, triumphierende Sicheln. Seine Nüstern blähten sich vor vergnügter Impertinenz.

Leise fuhr er fort. »Andererseits, warum sollte ich mich von Ihnen züchtigen lassen? Altes Rhinozeros. Altes Rhinozeros! Jaja, ich habe alles durch die Tür gehört! Ich bin nur hereingekommen, weil ich durchs Schlüsselloch nichts sehen konnte. Und Ihr Anblick war es wert, Onkelchen, er war es wert. Da, nehmen Sie das! Damit Sie was zum Betatschen haben daheim in Ihrem Stall. Das macht Ihnen doch sicher Spaß!« Er warf mir das Nachthemd ins Gesicht.

Mit der einen Hand schleuderte ich das zarte Spitzending auf den Boden, mit der anderen versuchte ich ihn zu fassen. Aber er wich mir aus, meine Finger streiften nur sein Hemd, er huschte an mir vorbei und sprang mit einem federnden Satz aufs Bett. Er schwang den Stuhl hoch und richtete die Beine gegen mich.

»Ah, nicht hier, nicht hier«, sagte er leise. Sein zerknittertes Hemd war ihm teilweise aus der Hose gerutscht, und er keuchte vor Aufregung. »Nicht in Floras hübschem Zimmer inmitten all ihrer netten kleinen Dinge. Das ist nicht der Ort für einen Kampf mit dem Rhinozeros. Draußen, wenn Sie wollen. Aber machen Sie sich keine Illusionen, ich kann kämpfen, und ich werde mich verteidigen. Vielleicht wäre es ein Vergnügen. Aber nein, nein. Otto wird derjenige sein, der mich tötet. Und wenn die Zeit dafür gekommen ist, werde ich keinen Widerstand leisten.«

Ich packte ein Stuhlbein und zog daran. Zum Glück ließ er den Stuhl ohne weiteres los und breitete dann mit einer Geste kampfloser Unterwerfung langsam die Arme aus. So stand er vor mir auf dem Bett. Der hitzige Augenblick ging vorüber.

Ich fühlte mich hilflos, angewidert, elend, ich verabscheute ihn, ich verabscheute mich. Ich wollte der Szene irgendwie ein sauberes Ende machen. »Ich werde es Otto nicht sagen, aber Sie müssen verschwinden«, sagte ich.

»Ich werde gehen, wenn ich dazu bereit bin«, antwortete er. »Meine Schwester fühlt sich wohl hier. Und wollen Sie Lord Otto in den Wahnsinn treiben? Ach Edmund, Edmund, Sie machen mir Spaß! Sie sind ein Clown, genau wie Ihr Bruder, aber Sie wissen es nicht einmal! Er, er weiß wenigstens, daß er eine total lächerliche Figur ist.«

»Ich werde es Otto nicht sagen«, wiederholte ich, »aber ich werde es Isabel sagen. Und jetzt –«

Er lachte hemmungslos. »Oh, Isabel! Ihr! Nein, nein, das ist zu schön. Sie wird Ihnen was erzählen, armes Rhinozeros, armer Ochse, sie wird Öl in Ihr Feuer gießen, sie wird Sie zur Weißglut bringen. Aber ich habe ganz vergessen, daß Sie der große Fürsorger sind, der Generalinspektor. Nun, Sie werden alles erfahren, Sie werden alles erfahren. Ja, gehen Sie und reden Sie mit Isabel. Sie wird erzählen und erzählen.«

Er hüpfte mit einem großen Sprung vom Bett, und im Vorbeigehen gab er mir einen leichten Stoß gegen die Brust. Ich landete unversehens in einem Stuhl. Draußen auf dem Treppenabsatz hörte ich ihn rufen: »Isabel! Isabel!«

12 *Isabel beichtet*

Isabel versperrte hinter mir die Tür und drehte den Plattenspieler etwas leiser. »Warum hat David denn so herumgeschrien?« Sie sah rundlich und zerknautscht aus in ihrem abgetragenen blauseidenen Morgenmantel mit hochgekrempelten Ärmeln. Sie machte einen verknitterten, schläfrigen, zerstreuten und ein bißchen verängstigten Eindruck. Vielleicht hatte sie sich ein wenig hingelegt gehabt. »Was ist los, Edmund? Du schaust auch ziemlich verbiestert drein.« Sie starrte mich an. Das Dröhnen im Hintergrund klang nach Wagner.

»Flora ist wieder da«, sagte ich. Ich betrachtete Isabel und kam mir ziemlich idiotisch und hilflos vor.

»Ich weiß. Was hat David denn mit dir angestellt, Edmund? Er hat dich durch die Tür geschoben wie einen Hund! Nein, du setzst dich hin, ich bleibe stehen. Ich kann in letzter Zeit nicht stillsitzen, ich bin zu nervös.«

Ich setzte mich auf einen wuchtigen, bestickten Hocker, der unter mir aufächzte. Die leuchtende Glutkrone des Feuers sank in sich zusammen und verbreitete einen modrigen Geruch. Die Hitze in meinem Rücken war derart sengend, daß ich ein wenig vom Feuer abrücken mußte. Goldene Lichter tanzten im Raum. Isabel wanderte zwischen den Möbeln auf und ab wie eine verstörte, bis zur Taille in Schilf gehüllte Nymphe. Sie rieb sich die Unterarme. Der blaue Morgenmantel verfing sich an Ecken und Kanten, und sie riß ihn immer wieder mit einem Knieruck los.

»Isabel, weißt du Bescheid über Flora?«

»Du hältst es also für deine Pflicht, mir Bescheid zu sagen?«

»Also weißt du es?«

»Daß Flora schwanger war? O ja, ja.«

»Und wußtest du, weißt du, von wem?«

»Ja. David Levkin. Er steht wahrscheinlich vor der Tür und lauscht.« Sie griff nach einem großen Holzscheit. Die trockene, pulverige Rinde bestäubte ihren Ärmel und flog durch die Luft.

»Aber Isabel, du hast ihn im Haus geduldet –« Ich nieste heftig. Die Rinde war wie Pfeffer.

»Wie viktorianisch du bist, Edmund. Wie hätte ich ihn denn hinauswerfen können? Außerdem war der Schaden schon geschehen. Leg das doch bitte aufs Feuer.«

»Ich kann sehr gut verstehen«, sagte ich, »daß du Otto nichts gesagt hast. Otto hätte womöglich einen Tobsuchtsanfall gekriegt. Aber hättest du Levkin nicht hinauswerfen sollen? Immerhin –«

»Ach hör doch auf, uns ständig zu sagen, was wir tun sollen. Und hör auf zu niesen. Das geht mir auf die Nerven.«

»Entschuldige, ich hab' eine recht empfindliche Nase –«

»Hol der Teufel deine Nase. Ich weiß, ich habe dich mehr oder minder ermutigt. Du hast mir für einen Augenblick Hoffnung gemacht. Aber es ist alles ein solcher Wirrwarr. Stell keine weiteren Fragen, Edmund. Es ist besser, nichts zu wissen.«

Sie bahnte sich den Weg zum Kamin, betrachtete sich im Spiegel und klopfte dabei geistesabwesend mit ihrem Ehering gegen den Marmor. Dann griff sie nach einem Tiegel Cold Cream und begann sich die Creme mit leichten, raschen Bewegungen in die Haut unter den Augen zu klopfen.

»Ich habe schon zuviel gesehen«, sagte ich. »Ich kann jetzt nicht die Augen zumachen. Ist dir klar, daß Flora das Kind hat wegmachen lassen?«

Isabel machte eine ungeduldige Bewegung, und ihr Morgenmantel streifte mein Knie. Ich stand hastig auf, warf dabei den Hocker um und zog mich auf die andere Seite des Teppichs zurück.

»Jetzt hast du ihn kaputtgemacht. Was bist du doch für ein ungeschicktes Urvieh. Du brauchst nicht gleich so aufzuspringen, wenn ich bloß in deine Nähe komme. Und wie kannst du nur so abscheulich über Flora reden –«

Ich war gereizt, verärgert, verwirrt. Irgendwie war das alles zu skandalös, zu ungeheuerlich. Levkin mußte von der Bildfläche verschwinden, Flora mußte klargemacht werden, was sie getan hatte, und Isabel mußte dazu gebracht werden, irgendeine Art von Verantwortung für die ganze Sache zu übernehmen. »Tut mir leid«, sagte ich. »Ich finde das Ganze ziemlich schockierend und überraschend. Und du scheinst es so ruhig hinzunehmen.«

»Ruhig!« Sie zog eine theatralische Grimasse des Schmerzes, die ihr Gesicht in eine wilde Maske verwandelte. Sie ging zum Plattenspieler, drehte ihn einen Augenblick auf ein ohrenbetäubendes Dröhnen hoch und dann soweit zurück, daß nur noch ein fernes Hämmern zu hören war. »Ruhig!« wiederholte sie leiser, mit dem Rücken zu mir. »Man ist nicht ruhig auf der Folterbank. Man ist nicht ruhig auf dem Scheiterhaufen. Ach, du bist zu blöde. Und ich habe mir soviel von dir erwartet.«

»Es tut mir leid, Isabel«, sagte ich. »Ich kann dich nicht heilen, ich bin nicht gut genug dafür. Ich kenne mich selbst nicht mehr aus. Ich habe nur das Gefühl, daß es hier etwas gibt, was ich nicht verstehe. Könntest du es mir bitte erklären?« Ich befolgte Levkins Anweisungen wirklich buchstabengetreu.

»Ja, ich. Mich verstehst du nicht. Und ich mich selber auch nicht.« Sie sank vor dem Feuer in die Knie und schloß vor der Hitze die Augen. »Ich bin das fehlende Glied in der Kette.«

Ich starrte auf sie hinunter. Ihr dunkles Haar war zerzaust und hing ihr in schlaffen Strähnen in den Nacken. »Wie hast du übrigens die Sache mit Flora herausgekriegt?« fragte ich.

»David hat es mir gesagt.«

»Was für eine unglaubliche Dreistigkeit! Wenn Levkin –«

»Hör auf, ihn Levkin zu nennen. Er gehört praktisch zur Familie. Oh, hast du denn keine Augen, hast du denn keine Augen? Ich habe das Gefühl, es muß an den Wänden dieses Zimmers stehen, auf meinem Gesicht, meinen Händen –«

»Was?«

»Ich liebe ihn, ich liebe ihn, ich liebe ihn –«

»Du meinst –?«

»David, ja, David. Ich liebe ihn, ich bin verrückt vor Liebe, überwältigt, rettungslos verloren – o Gott!« Sie ließ sich auf den Boden fallen und packte mich am Fußgelenk.

Ich stand da wie gelähmt, sprachlos vor Entsetzen und plötzlicher Übelkeit, als erfülle auf einmal ein durchdringender Geruch den Raum. Levkin auch hier, Levkin überall. Ich war zutiefst überrascht und schockiert über Isabels Worte, und für einen Augenblick erschien mir ihr ganzes Wesen abstoßend. Ich murmelte etwas und versuchte mich von ihr loszumachen.

»Ja, ich liebe ihn.« Sie ließ mich los und blieb schlaff liegen, das Gesicht nach unten, die seidigen Beine entblößt. »Ich bete ihn an. Ich begehre ihn, ich möchte ein Kind von ihm. Ich wollte sogar dieses Kind von Flora, das Kind, das sie getötet hat. Wenn ich wenigstens Floras Kind hätte behalten können –« Ihre Stimme wurde undeutlich und zittrig.

Ich schubste den kaputten Hocker mit dem Fuß beiseite und ließ mich schwer in einen Stuhl fallen. Ich konnte nicht vergessen, daß Isabel einen Appell an mich gerichtet hatte, einen Appell, der mich zutiefst berührt hatte, auch wenn ich ihn zurückwies. Wie sie da jetzt auf dem Boden lag, sah ich sie einen Augenblick als liederliches Weib, als Hure. Ich hätte sie gerne geschüttelt, sie ins Verhör genommen. »Ich nehme kaum an, daß Otto das weiß?«

»Nein, natürlich nicht. Ich lebe noch.« Ihre Stimme kam erstickt durch ihr Haar.

»Wie lange –«

»Seit er hier ist. Ich habe mich im ersten Augenblick in ihn verliebt, als ich ihn in Ottos Atelier sah, oder vielleicht im zweiten. Es war wie ein Blitzschlag, und alles war plötzlich vergoldet, als wäre das Ende der Welt gekommen. Oh, du kannst dir nicht vorstellen, was für ein einsames, idiotisches Leben ich geführt habe. Jahrelang habe ich niemanden gesehen außer diesem Monster von Otto und seine schrecklichen Lehrjungen. Ich weiß, ich bin selber schuld. Irgendwie wollte ich alles so elend und trostlos haben, um Otto und Lydia zu strafen. Aber als David kam, war das wie eine Vision von Leben, als stünde ein Engel vor mir, ein Gott. Siehst du denn nicht einmal jetzt, wie schön er ist? Kannst du dir überhaupt nicht vorstellen, in ihn verliebt zu sein?«

»Ja«, sagte ich, »komischerweise kann ich das. Aber als du dahinterkamst, daß er Flora – daß er sie verführt hatte – da hast du doch wohl –«

Isabel setzte sich auf und zog sich den Morgenmantel über die Knie. Ihr Gesicht war jetzt ruhiger und irgendwie versonnen. Sie schob ein Stück Holz zurück ins Feuer. »Ich hab' ihn zuerst gehabt«, sagte sie leise.

»Aber –«

»Er hat die Sache mit Flora nur angefangen, weil ich versucht habe, mit ihm Schluß zu machen. Er tat es mir zum Trotz.«

»Er – er hat dich also geliebt?«

»Ich weiß nicht. Er wollte mich. Er stellte fest, daß er mich haben konnte.«

»Du meinst, du hast wirklich –?«

»O ja, Edmund, alles. Alles, alles, alles. Und wenn uns noch mehr eingefallen wäre, hätten wir auch das noch getan. Otto mit der Schwester und ich mit dem Bruder. Oh, es hat wunderbar funktioniert!« Sie wandte mir ihr Gesicht zu und sah mich mit einer kühnen Ruhe an, die zum Fürchten war. Eine resignierte, zerbrochene Schönheit strahlte aus ihrem Gesicht.

»O Isabel –«

»Du bist schockiert.«

Ich war schockiert, entsetzt. Ich war auch, wie mir soeben klargeworden war, und diese Erkenntnis war ernüchternd, eifersüchtig. Ich fühlte mich ausgeschlossen. Aber hätte ich wirklich in einen solchen Teufelskreis geraten wollen? »Aber du hast versucht, Schluß mit ihm zu machen?«

»Ja. Lydia lag im Sterben, praktisch im Nebenraum. Ich glaube, ich habe so ziemlich das gleiche empfunden wie Otto. Wir haben beide ungefähr zur gleichen Zeit versucht, von – der Sucht – loszukommen. Ich war mir selbst zuwider. Lydia hat so schrecklich gelitten, und alles zur selben Zeit. Es war scheußlich. Und natürlich hatte ich tödliche Angst, daß Otto dahinterkommen könnte. Ich habe immer noch tödliche Angst.«

»Er hat keine Ahnung?«

»Nein. Er kann an nichts anderes denken als an Elsa. Es ist seit Jahren seine erste wirkliche Beziehung zu einer Frau. Vielleicht die erste überhaupt. Mit mir war's nie besonders. Sie waren beide, für uns beide, ein Geschenk des Himmels.«

Ich haßte es, sie so reden zu hören. »Aber Isabel – ehrlich gesagt, ich bin wirklich ziemlich schockiert. Das sind doch – rein körperliche Beziehungen –«

»Ach, Edmund, Edmund, Edmund«, sagte sie müde. Sie erhob sich langsam, mühsam, wie eine korpulente ältere Dame. Auch ich stand auf.

»Aber was willst du jetzt tun?« fragte ich sie.

»Ich weiß nicht. Einfach blind weitermachen. Diese zwei Wechselbälger haben uns beide in der Tasche.«

»Du meinst, du würdest – die Beziehung zu diesem Jungen wieder aufnehmen – nachdem Flora –?« Ich erinnerte mich an das, was Otto von der träumenden Eva von Autun gesagt hatte, der Wurzel alles Bösen. Isabel schien einfach nicht zu wissen, was sie tat.

»Ich glaub', du hast mich nicht verstanden, Edmund«, sagte Isabel. »Ich bin verliebt. Ich gebe zu, daß das eine Form von

Wahnsinn ist, aber zumindest ist es eine recht bekannte Form. Oder vielleicht für dich nicht? ›Mit einem Pfeil in der Seite kommt man schlecht voran, nicht zu laufen aber ist noch schlimmerer Schmerz.‹«

»Du phantasierst«, sagte ich. »Otto könnte so leicht dahinterkommen, und –«

»Ich weiß. Ich komme mir vor wie ein Schiff, das steten Kurs auf einen Eisberg hält. Aber ich kann nicht anders. Siehst du denn nicht, daß ich in einem Dilemma bin? Die einzige Frage ist, wen Otto umbringen wird, wenn er es herausbekommt, David oder mich oder uns beide.«

Sie sah so blaß und klein aus, wie sie da stand mit hängenden Armen, als wäre sie schon hilflos an eine Wand genagelt. Sie tat mir plötzlich leid, und ich hatte Angst um sie. Sie sah wie ein Opfer aus. »Was kann ich für dich tun, Isabel?«

»Nur eines. Bring Flora weg.«

Ich wandte mich halb von ihr ab. Die Erinnerung an mein Gerangel mit Flora kehrte mit fotografischer Schärfe wieder. Das wäre das einzig Vernünftige gewesen, was ich hätte tun können, Flora zu beschützen, und das hatte ich systematisch und nunmehr vollständig unmöglich gemacht.

»Ja, bring sie weg, Edmund. Sie mag dich, und sie vertraut dir. Nimm sie zu dir nach Hause. Ihr Semester fängt noch nicht an, und sie darf einfach nicht hierbleiben. Sonst wird etwas Schreckliches passieren. Wenn sie hierbleibt, werden wir noch alle verrückt.«

Ich dachte an etwas anderes, während Isabel flehend auf mich einsprach. Levkin würde ihr bestimmt erzählen, daß er mich mit Flora in den Armen gesehen hatte. Verwirrung, Zorn und Bekümmerung erfüllten mich. »Kannst du Flora nicht selber helfen, Isabel?«

»Sei kein Narr. Sie liebt ihn auch. Flora wird mir bis an ihr Lebensende nicht verzeihen. David hat *mir* gesagt, daß sie ein Kind von ihm bekommt. Er kam zu mir zurück, zu mir, mit dieser vertraulichen Mitteilung, so einfach und ohne Bedenken. Wie kann sie je verzeihen, daß wir miteinander darüber gesprochen, gemeinsam über sie beraten haben? Hast du denn keine Ahnung vom Stolz eines jungen Mädchens? Und das erste Mal, das allererste Mal. Ach, armes, armes Kind –« Endlich kamen Isabel die Tränen, große, langsame Tränen, wie man sie nur um sich selbst weinen kann, wenn man in einem anderen sich selbst bemitleidet.

»Da pflichte ich dir bei: Flora wäre besser aus dem Haus. Und du –?«

»Und ich könnte dann weitermachen? Nun, das wäre nicht deine Angelegenheit, Edmund. Du mußt Otto und mich schon auf unserem fröhlichen Karussell zurücklassen. Weißt du noch, was ich über den Schrank der Heiligen Theresa in der Hölle gesagt habe? Du hast gedacht, ich übertreibe –«

»Ach, meine Liebe, ich werde versuchen, dir zu helfen. Ich werde tun, was ich kann. Es tut mir leid, daß ich ein solcher Narr bin.«

»Schon gut. Edmund. Du gehst jetzt besser. Bitte kümmere dich um Flora. Und Edmund –«

»Ja?«

»Hast du etwas dagegen, wenn ich dich küsse? Tut mir leid wegen der Schocktaktik vom letzten Mal. Ich war bloß wütend wegen David. Ich weiß nicht, ob du das verstehst.«

Ich verstand es nicht ganz. »Ich verstehe.« Ich nahm die kleine, rundliche, tränenverschmierte Isabel in die Arme und küßte ihre heißen Augen und ihre Stirn. Einen Augenblick umklammerten ihre Arme heftig meinen Hals, und ich ließ sie meine Lippen finden. Es war wie ein verzweifelter Abschied. Als ich sie danach hielt, fühlte ich mich traurig und völlig ausgebrannt und spürte von Kopf bis Fuß die gleiche Traurigkeit in ihr.

13 *Edmund läuft zu Mutter*

»Maggie.«

Es war sehr still in der Küche, eine Art gereinigter Stille nach dem Auftritt Isabels von vorhin. Ein Ort der Vernunft und der Besinnung, so schien es.

Maggie hatte Ottos Unterwäsche gewaschen. Ein intimer Geruch nach warmer, feuchter Wolle hing im Raum. Dampfende Stöße von Unterhemden und langen Unterhosen lagen in einem großen, blauen Plastikkorb. Sie nahm die Wäschestücke eines nach dem anderen, zog sie in Form und legte sie über die Stäbe des hölzernen Wäschetrockners, der mit einem Flaschenzug von der Decke herabgelassen wurde. Ich hatte dieses Ritual aus meiner Kindheit gut in Erinnerung, die kräftigen, geschickten Bewegungen der Hände, die das Wäschestück geradezogen, die Hände von Giulia und Carlotta und Vittoria. Ich setzte mich hin, um zuzusehen, und fühlte mich mit einer Mischung von Scheu und Vertrautheit in die Szene einbezogen, auf angenehme Weise aufgenommen in ihr Bewußtsein, obwohl sie nicht auf meinen Ruf geantwortet, ja kaum in meine Richtung geblickt hatte. Meine halbgegessene Orange und der Stapel von Buchsbaumblöcken lagen immer noch auf einer Seite des Tisches, auf der anderen war Maggies Näharbeit, ihr Nähkorb und die Schere. Ich beobachtete ihre raschen, rhythmischen Bewegungen. Die Wäscheleine füllte sich mit Ottos Sachen.

Ich blickte hinauf in ihr Gesicht und stellte fest, daß sie mich ansah. Ihre Augen mit dem feuchten, seltsam animalischen

Blick wirkten abweisend und mißtrauisch. Ich empfand den heftigen Wunsch, mit ihr zu reden, und war zugleich wie gelähmt, weil ich nicht wußte, was ich sagen sollte. Ich fühlte mich völlig durcheinander, schlecht behandelt, verletzt, ich wollte Trost. Aber wie konnte ich hier darum bitten. Rasch senkte ich den Blick.

Es war ein dunkler, regnerischer Abend, und in dem diesigen Licht, das in der Küche herrschte, hatte man den Eindruck, als bewegten sich die Dinge ständig irgendwo am Rand des Blickfeldes. Das Zwielicht begann mich zu stören. Ich fühlte mich durch und durch elend und fast verschreckt. Ich wußte, ich sollte hinaufgehen, mich allein hinsetzen und über das nachdenken, was Isabel mir erzählt hatte, aber ich konnte mich dazu nicht aufraffen. Abrupt stand ich auf und drehte das Licht an. Es war ein mattes Glimmen, einem Nebel ähnlicher als einem Licht, kaum heller als die feuchte, schwefelgelbe Beleuchtung draußen. Maggie, die leicht zusammengezuckt war, als ich mich bewegte, starrte mich an und wandte sich dann wieder ihrer Arbeit zu.

Ich ging in dem schmutzigtrüben Licht der Küche auf und ab, berührte da etwas und dort etwas. Unbehagen und Kummer quälten mich. »Mein Gott, was für ein elendiges Licht. Bei dem Licht kannst du doch nicht nähen, ich hoffe, du versuchst es erst gar nicht. Lydia war so geizig. Gibt es stärkere Glühbirnen im Schrank? Ah ja, hundert Watt, das ist besser. Könntest du das Licht wieder abdrehen? Schon gut, ich zieh' mir die Schuhe aus.«

Ich stieg auf den Tisch, um die neue Birne einzuschrauben. Mein Haar berührte die Zimmerdecke. Maggie blickte in dem unbeständigen Zwielicht zu mir hoch, ihr Gesicht war ein verschwommener Fleck, ihre Augen groß und schwarz. Sie streckte eine Hand aus, um mir beim Heruntersteigen zu helfen. Die kleine Hand war warm und feucht von der Wäsche. Der Weg hinunter schien weit. Dann ging sie zur Tür, und ein sehr helles Licht blendete uns. Ich hielt mir die Hand über die Augen. Ja, Lydia war tot.

Der Garten draußen war plötzlich ein dunkles, blaues Viereck, verschwommen und konturlos, in sich zurückgezogen. Ich ging zum Fenster und zog die fröhlichen, rotblauen William-Morris-Vorhänge zu. Jetzt war die Küche wie eine rundum geschlossene, helle kleine Arche, und alles darin sprühte in leuchtenden Farben. Ich fühlte mich ein wenig besser. Maggie breitete Ottos Unterhose über das Trockengestell, eine monströse, gezackte Flagge. Ich setzte mich auf die Tischkante und begann den Rest meiner Orange zu vertilgen.

»Komisch, nicht?« sagte ich zu ihr. »Du mußt größer gewesen sein als ich, als wir uns zum ersten Mal begegneten.«

»Nein. Sie waren schon größer, viel größer. Sie denken an Vittoria.«

»Aus welcher Gegend in Italien kommst du, Maggie? Dumm von mir, aber ich habe es vergessen. Verona?«

»Nein. Das war Giulia. Ich komme aus Rom.«

»Rom, natürlich. Ich erinnere mich, daß du uns Bilder gezeigt hast.«

»Waren Sie schon in Rom?«

Es kam mir seltsam vor, daß sie es nicht wußte. Andererseits, woher sollte sie? »Nein. Florenz, Venedig. Aber nicht Rom. Du hast gesagt, du würdest mit uns hinfahren, weißt du noch, uns kidnappen? Wir haben uns tolle Dinge ausgemalt. Oder war das Carlotta?

»Nein, das war ich. Carlotta kam aus Mailand.«

Sie sprach ein kultiviertes Englisch, mit nur sehr leichtem Akzent. Sie war ein gebildetes, intelligentes Mädchen gewesen. Was hatte sie dazu verdammt, ihr Leben in diesem düsteren Haushalt zu vergeuden?

»Ich fürchte, ich bringe euch im Kopf schon alle durcheinander«, sagte ich. »Ich frag' mich, was aus den anderen geworden ist –«

»Verheiratet.« Sie sprach das Wort aus wie den Namen eines fernen Landes.

Unangenehm berührt fuhr ich hastig fort. »Die Menschen im Norden träumen vom Süden. Ich frag' mich, ob die Menschen im Süden vom Norden träumen. Hast du?«

»Ich hatte einmal einen Traum vom Norden, einen Traum von Kraft und Stärke.«

Auch das berührte mich unangenehm, obwohl ich nicht sagen konnte, warum. Ich sah zu, wie sie das Trockengestell flink zur Decke hochkurbelte. Ottos Unaussprechliche wehten dreist in der vom Ofen aufsteigenden warmen Luft.

Irgend etwas am Anblick der Wäsche meines Bruders, in Reih und Glied wie eine albern grinsende Armee, löste eine plötzliche Gereiztheit in mir aus, ja ein Gefühl, das noch tiefer ging. Am liebsten hätte ich Otto weggefegt. Ich wußte jetzt, ich würde die Kluft überspringen und mich an Maggie um Hilfe wenden. »Ich habe von A bis Z versagt, seit ich hier bin.«

Maggie trocknete sich langsam an einem Handtuch die Hände ab. Sie betrachtete mich mit einem Ausdruck schwachen Interesses. Sie schien sich über das Ausmaß meines Appells an sie im klaren zu sein. Aber sie sagte bloß: »Und jetzt reisen Sie wieder ab?«

Ihre kühle Reaktion auf meine Worte verletzte mich unerwartet tief. Nicht, daß ich hören wollte, ich würde meine Sache schon gut machen oder daß da keiner hätte mehr ausrichten können: Aber ich stellte fest, daß es mir nicht gleichgültig war, was Maggie über mich dachte.

»Kann ich irgend jemandem helfen, wenn ich bleibe?«

»Keinem anderen wahrscheinlich. Aber vielleicht sich selbst.«

Sie sagte es so trocken, fast metaphysisch, daß ich es kaum ertragen konnte. Es war eine Schmach, wie sehr ich des Mitgefühls, der Wärme bedurfte. Ich wollte nicht seziert und bloßgelegt werden.

»Ich glaube nicht, daß es um mich geht«, sagte ich ziemlich gereizt. »Für mich gibt es hier nichts.«

Sie betrachtete mich mit diesen Augen, die immer den Tränen nahe und doch zugleich so kalt wirkten. »Es geht immer um einen selbst, oder?«

Das war eine schmerzliche Wahrheit. Und wenn ich blieb, jetzt gestand ich es mir ein, würde ich natürlich aus irgendeinem eigenen Bedürfnis heraus bleiben. Mir war, als würde ich einen Fechtkampf gegen Maggie austragen, in dem ich den kürzeren zog. Eine Spannung lag in der Luft, wir steuerten auf irgendein dunkles Ziel zu. »Ich nehme an, du weißt mehr oder weniger, was in diesem Haus vor sich geht?«

»Ich glaube, ich weiß ganz genau, was in diesem Haus vor sich geht.«

»Wieso?«

»Alle hier haben laute Stimmen. Hier wird ziemlich viel geschrien. Vielleicht leiten auch die Rohre den Schall. Ich höre so ziemlich alles in der Küche.« Sie sprach mit einer ungeheuren, katzenhaften Sanftheit; es war die Stimme des ungesehenen Beobachters, des ewig schweigenden, überlegenen Dienstboten.

Ich stellte mir Maggie vor, wie sie allein in der Küche arbeitete, Pilze schälte und ihr *pollo* mit Rotwein aufgoß, Ottos unaussprechlich schmuddelige Unterhosen wusch und dem geheimen Leben des Hauses lauschte. Es war ein unheimlicher Gedanke. Im nächsten Augenblick war es ein unangenehmer. Maggie mußte meinen Wortwechsel mit Levkin gehört haben. Wir hatten nicht gerade geflüstert. Unbehaglich betrachtete ich ihr fahles, verschwiegenes, südliches Gesicht. Sie war zu ihrer Näharbeit zurückgekehrt.

Ich stand ruhelos auf und begann umherzugehen, immer noch durch und durch verstört und unglücklich. Das Bein einer von Ottos Unterhosen klatschte mir feucht ins Auge, und gereizt schlug ich es weg. Warum vertat ein intelligentes Mädchen wie Maggie ihre Zeit damit, für Otto die Wäsche zu waschen? Mir ging der verrückte Gedanke durch den Kopf, ich könnte sie fragen, ob sie mit mir kommen und meine Haushälterin werden wollte. Aber das war Unsinn. In meinen drei armseligen Zimmern war kein Platz für eine Haushälterin. Plötzlich sagte ich: »Ich will gar nicht weg.«

»Dann bleiben Sie.«

Sie blickte zu mir auf, aber ich wich ihrem Blick aus, ich nahm es ihr übel, daß sie eine derartige Gleichgültigkeit zur Schau trug. Ich konnte es nicht ertragen, so kühl behandelt zu werden. Ich fühlte mich um ein natürliches Anrecht gebracht. Ich wußte, ich hätte jetzt still sein sollen, um meine Würde wiederherzustellen, ich hättte sie allein lassen sollen. Aber die heißen Worte sprudelten mir aus dem Mund, es war der alte Drang zur Beichte, die letzte schwache Bitte um Trost. »Ich werde abreisen müssen. Ich habe alles so vermurkst. Vor allem mit Flora, ich bin so dumm und ungeschickt gewesen mit Flora. Isabel hat mich gebeten, mich um sie zu kümmern, sie mit zu mir nach Hause zu nehmen, aber ich kann nicht. Ich weiß nicht, wie es geschehen ist, aber vorhin, oben in ihrem Zimmer, habe ich sie, wie soll ich sagen, ... gepackt, ich habe sie erschreckt. Und das, nach allem, was sie durchgemacht hat, das arme, unglückliche Kind. Natürlich hatte ich nichts Böses im Sinn, aber sie wird mir jetzt kein bißchen mehr vertrauen. Irgend jemand muß ihr aber helfen, und sie muß unbedingt von hier weg. O Gott, Maggie, ich bin ein Idiot!«

»*Che peccato.* Fallen Sie oft über junge Mädchen her?«

»Ich habe seit Jahren keine Frau mehr angerührt!« Die Worte standen zwischen uns im Raum, und ich wurde dunkelrot vor Zorn über ihre Frage und meine Antwort. Und es tröstete mich auch nicht gerade, daß sie Zeugin der Szene mit Isabel geworden und diese zweifellos mißdeutet hatte. Der Gedanke, Maggie könnte mich für einen Schwerenöter halten, löste einen Wirbelsturm der Entrüstung in mir aus. Und zugleich bedauerte ich mein Eingeständnis zutiefst. Diese Dinge gingen nur mich etwas an, sonst keinen.

Sie schien meine Antwort mit kühlem, gläubigem Interesse hinzunehmen. »Überhaupt keine Mädchen? Und auch keine Jungen?«

»Nein!« antwortete ich etwas ruhiger: »Ganz gewiß nicht!« und starrte in diese ziemlich feuchten, dunklen Augen.

Sie lächelte geheimnisvoll und wandte sich wieder ihrer Näharbeit zu. Meine Gefühle waren in Aufruhr. Es gibt Dinge, die man denken kann, aber nicht aussprechen soll. Ich nahm Maggie ihre Direktheit zutiefst übel, nahm ihr übel, daß sie mich auf so unfaire Weise aus meiner Zurückhaltung gelockt hatte. Vielleicht spürte ich auch irgendeine männliche Urangst vor der Verachtung der Frau in mir. Aber schließlich hatte ja ich dieses ziemlich wirre und unlenkbare Gespräch in Gang gebracht.

Ich betrachtete sie, wie sie dasaß, unnahbar und selbstgenügsam wie eine Katze: das verschmitzte kleine Lächeln, die dünne, feine Linie des Mundes mit den flaumigen Härchen darüber, die dunkelgoldene und doch durchscheinende Haut, der nüchterne, gesenkte Blick. Sie hatte etwas Keusches, aber sie kam mir jetzt weniger wie eine Nonne, sondern eher wie eine Priesterin vor, eine leidenschaftliche, strenge kleine Priesterin. Sie erinnerte mich vage an etwas in einem Bild. Aber ich hatte dieses Gesicht gesehen, bevor ich irgendein Bild gesehen hatte, vielleicht bevor ich überhaupt irgendein Gesicht gesehen hatte.

»Ich glaube«, sagte Maggie, ohne von ihrer Näharbeit aufzublicken, »Sie sollten sich bei Flora entschuldigen. Vielleicht gelingt es Ihnen, wieder ihr Vertrauen zu gewinnen. Sie könnte jemanden brauchen, dem sie vertrauen kann.«

»Es gibt keine Worte für eine solche Entschuldigung. Kannst du Flora nicht helfen?«

»Auch ich habe meine Macht zu helfen verloren. Taten haben ihre Folgen. Ihre Mutter hat zwischen uns allen Zwietracht gesät. Wie Sie sich vorstellen können.«

Ich konnte es mir vorstellen. »Aber gegen dich kann doch niemand etwas haben. Du bist doch sicher vollkommen unschuldig.«

»Weil ich so klein bin, fast unsichtbar, wie eine Maus –«

»Nein, nein, nein, ich meine, daß du gut bist.«

»Wie Sie, ja!«

»Ach, hör doch auf, Maggie«, sagte ich. Ich schlug die Buchsbaumblöcke scharf gegeneinander wie Kastagnetten.

»Womit?«

Ja, womit? Unglücklich, verärgert und verwirrt sah ich hinunter auf das vertraute kleine Gesicht mit den großen Augen.

»Oh, entschuldigt, wenn ich störe«, sagte Flora von der Tür her.

14 *Otto sucht sich ein Opfer*

Flora knallte mit dem Fuß die Tür hinter sich zu. Sie wirkte erhitzt und aufgelöst. Das Haar hing ihr zerzaust in die Stirn, einzelne Locken hatten sich aus der Frisur gelöst und umgaben ihr Gesicht mit einem bronzenen Schein. Die kurze Oberlippe war mißtrauisch aufgeworfen, die Stupsnase gerunzelt, die Nasenflügel flatterten. Mit einer unbewußten Geste des Selbstschutzes, vielleicht auch des Widerwillens, zog sie sich ihren Rock enger um die Beine. Aber sie ignorierte mich und wandte sich an Maggie.

»Ich bringe das restliche Geld wieder.« Sie sagte es in gewollt schroffem, rauhem Ton. Sie ging zum Tisch und schleuderte mit theatralischer Geste einen Haufen Fünf-Pfund-Noten hin. Dann konnte sie es doch nicht lassen und warf mir einen flüchtigen Blick zu.

Maggie, die aufgestanden war, legte ohne ein Wort die Banknoten zusammen und begann sie zu zählen. Als mir die Bedeutung der Szene aufging, stieg ein Gefühl der Empörung und des Abscheus in mir hoch angesichts der beiden Frauen mit dem Haufen Geld zwischen sich. Es war wie eine Szene aus einem Bordell.

»Ja«, sagte Flora, »ich hab's billiger gekriegt, weil der Doktor so ein lieber alter Mann war und ich so ein liebes kleines Mädchen. Und Maggie hat mir das Geld geliehen, weil sie eine Frau ist oder jedenfalls mal war. Aber ich liebe sie deshalb nicht gerade. Für mich seid ihr alle ein Haufen Affen. Ich –«

»Bitte Flora«, sagte ich, »hör mir eine Minute zu. Es ist wichtig. Du mußt versuchen, mir das von vorhin zu verzeihen. Ich wollte dich nicht erschrecken, und es tut mir sehr leid. Ich weiß selber nicht recht, wie es geschehen ist. Auf jeden Fall entschuldige ich mich und hoffe, daß ich deine Zuneigung und dein Vertrauen nicht ganz verloren habe. Wenn du mir noch eine Chance gibst, werde ich bestimmt alles tun, um beides zu verdienen. Ich glaube, es wäre gut, wenn du für eine Weile zu mir ziehst. Du brauchst ein bißchen Ruhe und Frieden, und ich würde mich sehr freuen, wenn du kommst. Oder wenn ich dir sonst irgendwie helfen kann, tue ich es gerne. Auf jeden Fall glaube ich, daß es besser für dich wäre, dieses Haus für eine Weile zu verlassen, ob du nun zu mir kommst oder nicht. Meinst du nicht auch?«

Flora starrte mich an, das gerötete Gesicht zu einer höhnischen Maske verzogen. »Onkel Edmund, du bist lächerlich. Hat Maggie dich auf diese Idee gebracht?«

»Nein, nun ja – aber willst du nicht versuchen, mir zu verzeihen?«

»Sei doch nicht albern. Ich kann meine Gefühle nicht nach Belieben steuern. Ich kann deinen Anblick einfach nicht ertragen, das ist alles. Und wenn du sagst, du weißt nicht, was über dich gekommen ist, solltest du dich vielleicht einmal selber wachrütteln. Ich an deiner Stelle würde zu einem guten Psychiater gehen!«

»Es tut mir leid, daß du so empfindest, Flora. Wie schon gesagt, ich bitte dich demütig um Entschuldigung. Aber im Ernst, glaubst du nicht, daß du von hier weg solltest?«

»Damit Mami freie Bahn beim lieben David hat? Wahrscheinlich hat sie dich auf die Idee gebracht.«

»Nein, nein. Überleg doch vernünftig, Kind. Hier ist alles in einem fürchterlichen Wirrwarr, und es ist besser, wenn du von hier wegkommst. Wer weiß, was sonst noch alles passiert.«

»Du meinst, wenn Papa dahinterkommt. Ich kann es kaum

erwarten, zu sehen, was passiert, wenn Papa dahinterkommt. Du willst mir den ganzen Spaß verderben!«

»Red doch nicht solchen Unsinn! Du hast schon genug Schaden angerichtet. Du mußt dir das vor Augen halten. Das wenigste, was du tun kannst, ist zu versuchen, die Konsequenzen minimal zu halten.«

»›Die Konsequenzen minimal zu halten!‹« äffte sie mich nach. »Ihr richtet also über mich, ihr beiden, wie ein frommes Elternpaar über sein kleines, auf Irrwege geratenes Mädchen! Zähl es genau, Maggie, paß auf, daß ich dich nicht beschummle. Als hätte ich dein verdammtes Geld genommen, wenn ich es anderswo hätte kriegen können! Ich bedaure nichts von dem, was ich getan habe, und dir schulde ich bestimmt keine Rechenschaft. Und ich bin nicht mehr die kleine Alice im Wunderland, Onkel Edmund. Das verdank' ich Menschen wie dir, nur daß dir der Mumm dazu gefehlt hat. Hier bin ich zu Hause, und hier bleibe ich. Warum gehst du denn nicht? Du hast dich hier nur lächerlich gemacht, und keiner kann dich leiden!«

Ihre Worte verletzten mich, und mehr noch der neue und häßliche Ausdruck von Aggressivität, mit dem sie sie sagte. Ein schreckliches Erwachsenwerden. Mein hoffnungsloser Mangel an angemessener Autorität ließ mich aufseufzen.

»Flora, ich richte nicht über dich. Es steht mir nicht zu, über irgendwen zu richten. Ich weiß, daß ich lächerlich bin. Aber du bist meine Nichte, und ich möchte helfen –«

»Du bist nichts weiter als ein alter Bock, Onkel Edmund, warum gestehst du's dir nicht ein? Auf dein Etepetete-Getue fällt keiner mehr rein. Und außerdem bist du wahrscheinlich impotent. Warum gehst du nicht nach Hause und schaust dir deine schweinischen Fotos an?«

»Flora«, sagte Maggie ruhig, »hör auf zu schreien und rede vernünftig mit uns. Du weißt genau, daß du hier nicht bleiben kannst. Deine Mutter wird nie zur Besinnung kommen, solange du im Haus bist.«

Flora ging auf Maggie zu, ihre Stimme steigerte sich zu einem unzusammenhängenden Wutgeheul. »Du! Du kannst es dir sparen, mir zu sagen, was ich tun soll. Du glaubst wohl, du kannst jetzt über mich verfügen, nur weil du mir das Geld geliehen hast. Aber ich weiß alles über dich, Maggie Magistretti. Und wenn in diesem Haus alle verrückt sind, hast du sicher dein Teil dazu beigetragen!«

Ich konnte sehen, daß das Kind hysterisch wurde. Man hätte ihr eine Ohrfeige geben oder sie einfach vor die Tür setzen sollen. Aber ich wußte auch, daß ich sie nicht anfassen konnte. Ich schlug auf den Tisch. »Flora, geh auf dein Zimmer –«

Sie fuhr auf mich los. Ihre Lippen waren feucht und zitterten, und die Tränen kullerten ihr aus den Augen. »Oh, du weißt ja nichts über Maggie! Na schön, ich werd's dir sagen. Da war eine gräßliche, gräßliche Sache zwischen ihr und Lydia. Es war abscheulich und hat das ganze Haus gräßlich gemacht. – Und nur weil sie auf Männer nicht wirkt –«

Ich empfand Schmerz, Empörung, Zorn und hätte ihr vor Entsetzen am liebsten den Mund zugehalten. Tatsächlich aber wich ich vor ihr zurück. Sie schlug mit aller Wucht auf den Tisch und wirbelte den Haufen Geld zu einem Sprühregen von einzelnen Noten auf, die durch die ganze Küche flatterten. Maggie sagte etwas auf italienisch und streckte abwehrend die Hände aus. Ich sah Floras erhitztes, verzerrtes Gesicht, sah, wie ihr das rötlichgoldene Haar immer tiefer in die Stirn rutschte wie eine klaffende Wunde. Sie packte Maggie beim Handgelenk und stieß sie vorwärts, und im Handumdrehen waren die beiden Frauen zu einem schwankenden, stolpernden Relief verschmolzen. Ich wich vor ihnen zurück wie vor sich balgenden Tieren. Dann sah ich, daß Flora Maggies Schere ergriffen hatte und sie wie ein Messer schwang. Einen Augenblick rechnete ich fast damit, daß Blut fließen würde – doch als die beiden sich voneinander lösten, sah ich, daß Flora Maggies Haar im Nacken abgesäbelt hatte. Mit einem spitzen Schrei des Grausens ließ

Flora den länglichen Haarknoten auf den Tisch fallen, wo er sich zu einer schwarzen Schlange entrollte. Es herrschte Stille.

Ich setzte mich auf die Fensterbank. Ich hatte noch nie zwei Frauen miteinander raufen sehen, und der Anblick war abstoßend und widerlich. Flora starrte mit offenem Mund und Geifer auf den Lippen auf die schlaffe, tote Haarflechte. Sie hielt die Schere noch immer hoch erhoben wie eine Waffe. Maggie strich sich langsam mit den Händen über den geschorenen Nacken und schlug sich dann die Hände vor Gesicht und Brust wie jemand, der plötzlich nackt dasteht. In diesem Augenblick kam Otto herein.

Sein Erscheinen erfüllte mich mit panischer Angst, noch bevor ich wußte, was geschehen würde, und zudem überkam mich, für die Frauen, für mich selbst, ein plötzliches lähmendes Schuldgefühl. Es muß eine seltsame Szene gewesen sein: Flora, die das abgeschnittene Haar nun mit einer fast rituellen Geste hochhob. Maggie, in ein völlig fremdes Wesen verwandelt, die ihr Gesicht wie vor dem Blick der Medusa versteckte. Tisch und Boden mit Fünf-Pfund-Noten übersät.

Otto schaute und begriff im wesentlichen sofort, was passiert war. Er trat ein wie der Herr und Meister und schritt sofort zur Tat. Mit zwei großen Schritten hatte er Flora erreicht. Er riß ihr die Trophäe aus der Hand. Die Schere fiel klirrend zu Boden. Dann packte er ihre Hand und gab ihr mit seiner freien Hand einen kräftigen Klaps darauf. Ich hatte ihn das oft tun sehen, als sie noch ein Kind war.

Ein solcher Schlag von Otto war keine Kleinigkeit. Flora reagierte wie damals. Ihr Gesicht wurde dunkelrot, und sie brüllte vor Schmerz und Empörung laut auf. Aus dem Augenwinkel nahm ich wahr, wie Maggie sich mit einem verwunderten, irgendwie verlorenen Blick abwandte und sich abermals prüfend mit der Hand über den geschorenen Nacken fuhr. Die lange schwarze Haarflechte lag jetzt in einem wirren Knäuel auf dem Boden.

Ich setzte zu ein paar beruhigenden und erklärenden Worten an, aber Floras Gebrüll war ohrenbetäubend. Dann wurde mir plötzlich bewußt, daß es Worte waren, die sie schrie. Ich hörte sie und wußte, daß der Augenblick der Katastrophe gekommen war.

»Du Narr, du Narr! Weißt du denn nicht, wer mit deiner Frau ins Bett geht, weißt du denn nicht, wer deine Tochter verführt? Dein Lehrling, der liebe kleine Kerl, ist ein Teufel, ein Teufel, ein Teufel – Was glaubst du wohl, wer die ganze Zeit mit Mami im Bett ist, während du dich mit dieser Schlampe zum Narren machst – Weißt du denn nicht –«

Flora versagte die Stimme, von Zornestränen zu einem Stammeln erstickt. Otto packte sie beim Arm. Er stieß sie, fast hob er sie, ans andere Ende des Tisches. Sie verstummte, plötzlich zu Tode erschrocken.

Otto war sehr still. Er schaute ein wenig verdattert und dumm drein, wie ein großes Tier, das sich plötzlich gefangen sieht. Langsam sagte er: »Was genau redest du da, Flora?«

Flora murmelte: »Nichts, nichts – ich habe nur – Au!«

Otto mußte ihren Arm noch härter in den Griff genommen haben. »Flora, wiederhole, was du eben gesagt hast. Sofort.«

Ich sagte: »Otto, bitte –«

»Halt den Mund. Flora –«

»Hör auf, hör auf! Ich habe gesagt – O Gott, weißt du denn nicht – Mami hat einen Liebhaber. Au, laß mich los!«

Otto ließ sie los. »Wer ist es –?«

»Wer glaubst du wohl? David natürlich.«

»Und du sagst – du hast auch –?«

»Ja!« schrie Flora und wich, sich den Arm reibend, zum Fenster zurück. »Ja, ich auch! Du bist blind gewesen, daß das alles unter deiner Nase geschehen konnte! Oh, du bist so dumm!«

Otto starrte auf den Boden, und ich sah, wie sein Gesicht rot wurde und sich langsam schmerzlich verzog wie bei einem Kind, das gleich zu weinen anfängt. Er tat mir schrecklich leid, aber noch größer war meine Angst. Ich ging ein kleines Stück auf ihn zu. In diesem Augenblick ging leise die Tür auf, und David Levkin kam herein.

Levkin mußte bei seinem Eintritt sofort begriffen haben, was geschehen war, oder er hatte – wahrscheinlicher noch – schon längere Zeit vor der Tür gelauscht. Floras Schreie mußten durchs ganze Haus gegellt haben. Er schloß die Tür und lehnte sich dagegen, die Handflächen locker angelegt. Auf seinem Gesicht lag ein sonderbar friedliches Strahlen, wie bei einem Menschen, der in aller Stille über eine wunderbare Wahrheit nachsinnt.

Otto sagte: »Ist das wahr, David, diese Geschichte mit dir und – Isabel – und Flora –?«

»Ja, Mylord.«

Ich rückte den Tisch aus dem Weg, um mich zwischen Otto und David werfen zu können. Flora war auf die Fensterbank geklettert. Aber Otto rückte bereits an. Das große Gesicht in verwunderte Falten gelegt, den Blick zu Boden gerichtet, den feuchten Mund ein wenig offen. Ich sah, wie David sich straffte, die Handflächen nach außen drehte, wie um zu sagen: »Hier bin ich«, und Otto vollkommen ausdruckslos entgegenstrahlte. Otto packte ihn mit einer Art brutaler Sanftheit bei den Schultern, stellte ihn zur Seite und ging langsam hinaus.

Verdattert und erleichtert stand ich da wie gelähmt. Dann sagte Maggie hinter mir etwas: Es klang wie ein Befehl. Ich eilte hinter Otto her. In der Diele überholte ich ihn und begann die Treppe hinaufzurennen. Als ich an ihm vorbeisauste, begann auch er zu laufen, und gemeinsam polterten wir die Treppe hoch, daß das ganze Haus bebte. Ich erreichte die Tür zu Isabels Zimmer als erster, aber nicht früh genug, um hineinzuschlüpfen und sie hinter mir zu verriegeln. Ich stürmte hinein, Otto dicht hinter mir.

Isabel mußte gewußt haben, was vor sich ging. Sie erzählte mir später, daß sie sich aufs Sterben gefaßt gemacht hatte, als sie die erhobenen Stimmen unten hörte. Sie stand neben dem Fenster, immer noch in dem blauen Morgenmantel, die Hand an der Kehle. Ein Bild von Verlorenheit, Angst und Würde. Einen Augenblick nahm ich dieses Bild in mich auf, und im nächsten stolperte ich auf sie zu, riß sie an mich und stieß sie in eine Ecke. Ich hatte wirklich Angst, Otto könnte sie mit einem einzigen Schlag töten. Dann hörte ich Möbel krachen und Schreie. Füße stampften durch den Raum. Ich drehte mich um und erkannte, in der Sekunde vor dem Lichtblitz in den Augen und dem schrecklichen Schmerz, daß ich derjenige war, den Ottos Hieb treffen würde.

15 *Lydias Sinn für Humor*

»Ed, altes Haus, alles okay?«

Eine Nacht war vergangen. Nach Ottos Schlag hatte mich schwarze Bewußtlosigkeit umfangen. Schwarze Sterne zerdehnten sich zu völliger Nacht. Als ich wieder zu mir kam, lag ich auf dem Bett in meinem Zimmer. Otto mußte mich dorthin geschleift oder getragen haben. Otto und Maggie hatten eine Auseinandersetzung, in der die Worte Gehirnerschütterung, Knochenbruch und Röntgen fielen, und ich kam zu dem Schluß, daß es wohl um mich gehen mußte. Mein Gesicht tat furchtbar weh. Ich hatte das Gefühl, als wäre mir eine Hälfte davon direkt in den Schädel hineingedrückt worden. Wenn ich versuchte, die Augen zu öffnen, sah ich nur Lichtblitze und verspürte stechende Schmerzen, aber ich konnte nichts erkennen. Ich stöhnte, und dann begriff ich, daß Maggie und Otto mir Fragen stellten, auf die ich die Antwort verweigerte. Irgendwo weinte eine Frau.

Das Ende war, wie ich später von Maggie erfuhr, für alle außer mir ein glückliches gewesen. Otto hatte dagestanden und auf den Boden gestarrt, wo ich der Länge nach zwischen den Trümmern von Isabels Möbeln lag. Dann war er in die Knie gesunken, sein Zorn schien verpufft. Ich wurde in mein Zimmer gebracht. Isabel schloß sich ein. David Levkin hatte das Haus verlassen. Maggie und Otto hatten mich, so gut es ging, versorgt und eine Weile herumgestritten, ob ein Arzt geholt werden sollte. Schließlich hatten sie mir irgendeinen Beruhigungstrunk eingeflößt, und ich war eingeschlafen.

Als ich am Morgen, immer noch schmerzgepeinigt, erwachte, beugte sich Ottos großes Gesicht über mich. »Alles okay, Ed?«

»Kann ich nicht gerade behaupten«, sagte ich. »Du hast mir wahrscheinlich an die siebenundfünfzig von diesen kleinen Knochen gebrochen. Ich werde nie wieder derselbe sein. Au!« Er hatte mir sachte die Hand auf die Wange gelegt.

»Maggie glaubt nicht, daß irgendwas gebrochen ist. Nur deine Wange schaut ein bißchen aus wie Beef Tartare. Kannst du was sehen mit dem Auge?«

»Ich versuch's lieber nicht.«

»Hast du mir verziehen?«

»Aber ja, du Idiot. Es war sowieso Zeit, daß mir mal jemand eine reinhaut.«

Auf seltsame Weise hatte der Zwischenfall nicht nur eine Beziehung zwischen Otto und mir hergestellt, wie wir sie seit unserer Kindheit nicht mehr gehabt hatten, er hatte auch eine außergewöhnliche Vitalität in uns beiden freigesetzt, die fast an Fröhlichkeit grenzte.

»Ich begreife nicht, warum ich das getan habe.«

Ich konnte mir eine ganze Reihe von Gründen vorstellen, aber da mir nicht nach einem psychoanalytischen Gespräch war, sagte ich nur: »Und wie ist die Lage heute morgen?«

»Sie sind fort.«

»Sie –?«

»David und Elsa. Beide fort.«

»Du meinst, sie sind mir nichts, dir nichts verschwunden?«

»Na ja, ich habe dafür gesorgt, daß sie verschwinden. Ich habe sie beide vor die Tür gesetzt, ich hab' sie rausgeworfen, ich hab' Schluß gemacht. Ich bin die ganze Nacht auf gewesen. Und ich habe nichts getrunken. Zumindest nicht viel.«

Arme Isabel, dachte ich. Aber natürlich war es besser so. Und armer Otto. »Du hast ein für allemal Schluß gemacht, Otto?«

»Ja. Mir ist klargeworden, daß es einfach eine irrsinnige Situation war. Irgendwie war mein ganzer Zorn verraucht, nachdem ich dich geschlagen hatte. Ich habe nur noch gespürt, was für ein verdammter, ekelhafter Schlamassel das Ganze war. Die weinende Isabel, die zerbrochenen Möbel, und du auf dem Boden, als wärst du tot. Eine Sekunde lang dachte ich wirklich, ich hätte dich umgebracht. Dann ist Maggie über mich hergefallen, und danach war ich erstaunlich vernünftig. Ich wußte: Jetzt ist der Augenblick für eine harte Entscheidung. Nach dieser Geschichte mit David war alles unmöglich geworden. Ich mußte die beiden loswerden. Und ich mußte es rasch tun, eine andere Möglichkeit gab es nicht. Sie haben uns alle in den Wahnsinn getrieben. Das sind keine normalen Sterblichen, das sind Engel, Dämonen. Natürlich wußte ich das von Anfang an.«

»Engel, Dämonen, ja.« Ich fühlte eine seltsame Traurigkeit.

»Also habe ich einen Brief geschrieben, in dem ich ihnen mitteilte, daß sie auf der Stelle gehen müssen, habe einen Scheck für Davids Lohn hineingelegt, und Maggie hat ihnen den Brief gebracht. Sie sagte, daß sie gleich mit dem Packen begonnen hätten. Dann ging ich zu Bett und träumte, daß mich ein riesiger, schwarzer Teekessel durchs ganze Haus verfolgte. Ich versuchte um Hilfe zu telefonieren, aber die Wählscheibe war aus Seidenpapier –«

»Und sind sie jetzt weg?« Ich riskierte es, mein anderes Auge zu öffnen, machte es aber gleich wieder zu.

Otto legte sich die Hände vors Gesicht. Seine Stimme zitterte. »Ja, ich denke schon. Ich will sie beide nicht wiedersehen, ich weiß nicht, was ich tun würde, wenn doch. Die beiden haben einen Wahnsinnigen aus mir gemacht. Irgendwie muß mit dem Wahnsinn Schluß sein.«

»Und Isabel, warst du schon bei ihr?«

»Nein. Ich bin nicht sicher, ob ich Isabel verzeihen kann. Ich hänge so schrecklich an ihr –«

»Und was ist mit deinen eigenen Verfehlungen?«

»Ich weiß. Aber so funktioniert das nicht. Vielleicht sollten wir einander vergeben. Aber das ist nicht so leicht. Im Augenblick wird mir übel, wenn ich an sie denke.«

»Jedenfalls bin ich froh, daß du nicht *sie* geschlagen hast. Wie geht es Flora?«

»Die arme Kleine. Ich habe mich letzte Nacht lange mit ihr unterhalten, und sie hat mir alles erzählt. Mein Gott, ich hätte sehen müssen, was vor sich ging, ich hätte mich um sie kümmern müssen! Ich war wie unter einem Zauber.«

»Na ja, jetzt bist du ja entzaubert. Zurück zum wirklichen Leben. Ich glaube, ich werde heute oder morgen nach Hause fahren. Die Aufregungen sind ja jetzt offenbar alle vorbei.« Ich fühlte mich selbst entzaubert, als hätte Ottos Hieb jeden Rest von Selbstherrlichkeit aus mir herausgeschlagen. Ich konnte nichts für diese Menschen tun. Und ich wollte nicht mit ansehen, wie Otto und Isabel sich kläglich abmühten, ihre ruinierte Beziehung wieder in Ordnung zu bringen. Ich machte einen schwachen Versuch, mich aufzusetzen, aber mein Kopf war qualvoll schwer, und jede Bewegung verursachte mir stechende Schmerzen. Ermattet gab ich es auf, während Otto unbeholfen das Kopfkissen tätschelte.

»Na ja«, sagte er, »noch nicht ganz alle Aufregungen. Was hältst du davon? Hab' ich vorhin gefunden.« Er wedelte mir mit einem Dokument vor der Nase herum.

Ich versuchte mein eines Auge darauf zu richten und begann verwirrt zu lesen. Lydia hatte wahrhaftig ihren Sinn für Humor walten lassen. *Ich vermache hiermit alles, was ich zum Zeitpunkt meines Todes besitze, meiner geliebten und treuen Freundin Maria Magistretti.*

16 *Elsas Feuertanz*

Eine feierliche Gruppe von Familienangehörigen hatte sich in Isabels Zimmer versammelt. Das große Feuer knisterte, flackerte auf, sank in seinem unabhängigen Eigenleben wieder in sich zusammen und tauchte den Raum abwechselnd in glänzendes oder mattes Gold. Es war ungemütlich warm. Draußen fiel immer noch der Regen auf das kalte, tropfende Grün eines englischen Sommernachmittags. Die Möbeltrümmer von gestern waren in einer Ecke zusammengeschoben, und das Zimmer wirkte weniger überladen. Isabel, klein, müde, in einem grauen Kostüm von schlichter Eleganz, saß in einem Lehnstuhl. Sie hatte geweint, aber jetzt war sie ruhig, fast kühl. Sie hatte etwas von der Distanz und dem leisen Überdruß einer Chefsekretärin. Otto, der über seinem zerknitterten Pyjama eine Hose und eine Sportjacke trug, lehnte am Kaminsims. Ein Geruch nach feuchtem, angesengtem Tweed hing im Raum. Ich bemerkte, daß auch Otto geweint hatte, und wandte den Blick ab. Ich fragte mich, ob die beiden Wechselbälger wirklich fort waren.

»Natürlich besteht kein Grund zu der Annahme, daß sie irgend etwas wird ändern wollen«, sagte Otto. »Sie lebt schließlich hier, sie hat immer hier gelebt. Wo sollte sie hin? Ich rechne fest damit, daß sie uns sagen wird, es soll alles weitergehen wie bisher, und dann werden wir ihre Wünsche natürlich respektieren.«

Ich schritt neben dem Fenster auf und ab und betastete vorsichtig mein wehes Auge, dessen ganze Umgebung heiß und stark geschwollen war. Das Auge war fast zur Gänze geschlossen, aber wenn ich mich anstrengte, konnte ich es zu einem wässrigen Schlitz öffnen. Auf Stirn und Wange, bis hinunter zum Mund, hatte sich ein blauschwarzer Fleck ausgebreitet. Nach einer unruhigen Nacht fühlte ich mich sehr müde und ziemlich mies.

»Du machst dir etwas vor«, sagte Isabel. »Es wäre bequem so, aber sie wird uns nichts dergleichen sagen. Sie hat ihren eigenen Willen, auch wenn sie ihn bisher nicht gezeigt hat. Aber jetzt werden wir sie kennenlernen, du wirst sehen. Sie wird uns Beine machen.«

Es war bemerkenswert, wie rasch die Familie sich angesichts einer Bedrohung ihres Eigentums wieder zusammengefunden hatte.

»Ich bin ganz wie Isabel der Meinung, daß sie ihren eigenen Willen hat«, sagte ich. »Aber sie wird nichts Unüberlegtes tun. Ich halte es sogar für möglich, daß sie darauf besteht, das Testament einfach nicht zur Kenntnis zu nehmen.«

»Es ist ja wohl auch ein bißchen *merkwürdig*«, sagte Otto.

»Ich sehe nichts Merkwürdiges daran«, erklärte Isabel. »Und ich meine auch nicht, daß sie uns auf der Stelle aus dem Haus werfen wird. O nein, sie wird sehr vernünftig und freundlich sein, aber sie wird uns behandeln wie Fremde. Sie hat keine Familiengefühle für uns.«

»Muß sie haben«, sagte ich. »Sie hat uns praktisch großgezogen, Otto und mich.«

»Das war nicht *sie*. Ich weiß, Otto bildet sich ein, sie hätte seinen Kinderwagen geschoben, aber das bildet er sich eben nur ein. Ihr war nur an Lydia gelegen. Lydia hat es gut verstanden, Menschen zu ihrem persönlichen Besitz zu machen.«

Das regte mich sehr auf. Gewiß sah ich Maggie jetzt deutlicher denn zuvor als Individuum, als eigenständiges und unvorhersagbares Wesen. Ich stattete sie sozusagen mit jenen Menschenrechten aus – dem Recht auf Geheimnisse, dem Recht auf

Überraschungen. Zugleich aber konnte ich mich nicht von der Vorstellung freimachen, daß Maggie – nun ja, daß Maggie uns liebte. Erst jetzt fiel mir auf, daß das eine ziemlich überhebliche Vorstellung war, und eine recht unklare noch dazu. Vielleicht erlag ich der gleichen Täuschung wie Otto. Unser altes Kindermädchen war schließlich nur eine Art Legende. Maria Magistretti war ein ganz anderer Fall.

»Ich verstehe nicht, warum wir das Testament nicht früher gefunden haben«, sagte Otto gerade. »Wir haben doch schon früher dort gesucht.«

»Meinst du, daß es wirklich viel *Geld* gibt?« fragte ich.

»Oh, eine Menge«, sagte Isabel. »Lydia war die geizigste Frau, die man sich vorstellen kann, aber Geld gab es genug. Und sie kannte sich aus an der Börse.«

»Macht sich das Atelier bezahlt, Otto?«

»Nein«, sagte er und wich meinem Blick aus. »Ich habe in den letzten Jahren – Unterstützung gebraucht.«

»Sieht so aus, als müßte ich arbeiten gehen!« sagte Isabel mit einem gehässigen Lachen.

»Wie konnte Lydia nur so was verdammt Blödes tun!«

»Also ich darf mich nicht beklagen«, sagte ich. »Psst, da kommt sie.«

Es klopfte. Wir riefen alle: »Herein.«

Eine junge Frau in einem roten Kleid trat ein. Das kurze schwarze Haar war gekonnt in Fasson geschnitten, die ernsten, dunklen Augen blickten aus einem schmalen, glatten, jugendlichen Gesicht. Maggie hatte sich erworben, was sie nie zuvor besessen hatte: ein Äußeres. Sie war nicht mehr unsichtbar. Erstaunt über diese Verwandlung starrte ich sie an, und da erinnerte ich mich plötzlich mit einer gewissen Wehmut an eine Gestalt aus fernen Tagen, vom Glanz der Kindheit umstrahlt, eine dunkle, zierliche Schutzgöttin.

Otto und ich gaben uns einen verlegenen Ruck, wie Männer das tun, wenn sie das Gefühl haben, sie müßten sich beim

Eintritt einer attraktiven Frau erheben, obwohl sie schon stehen – eine Art bildliches Hufescharren. Die Beine des Lehnstuhls kratzten über den Boden, als Isabel ihn weiter nach hinten schob. Ich beeilte mich, einen Stuhl für Maggie ans Feuer zu rücken und prallte mit Otto zusammen.

Sie setzte sich und blickte uns an.

Otto begann: »Ich denke, du weißt, warum wir dich hergebeten haben, Maggie –« Das klang fast ein wenig drohend, und so fügte er rasch hinzu: »Ich meine, es ist natürlich alles ganz und gar in Ordnung –« Das wiederum klang zu nachgiebig. Er polterte los: »Ich meine, wir dachten uns, du möchtest uns vielleicht sagen –«

»Was für Absichten ich habe?«

»Na ja. Ja.« Otto, der während seiner Rede nervös fuchtelnd auf und ab gegangen war, war jetzt eindeutig voll im Rückzug. Er wich fast bis ans Fenster zurück. Seine großen Hände zupften am Kragen seines Pyjamas herum, um einen nicht vorhandenen Knopf zu schließen. Der Gedanke, daß Maggie Absichten haben könnte, war ihm noch nicht wirklich gekommen. Und auch mir erst vor wenigen Augenblicken.

»Ich werd' wohl irgendwann dieses Jahr nach Italien zurückgehen. Aber fürs erste hab' ich noch keine Pläne.«

»Willst du für immer nach Italien zurück?« fragte Isabel.

»O ja«, versicherte Maggie mit beiläufiger, ein wenig amüsierter Bestimmtheit.

Es folgte ein verlegenes Schweigen. Otto kaute an seinen Knöcheln. Isabel rollte sich in ihrem Stuhl zusammen und machte ein finsteres Gesicht. Ich wandte mich ab und sah hinaus in den Regen.

»Wie du dir sicher vorstellen kannst«, sagte Otto schließlich, »war das Testament meiner Mutter eine ziemliche Überraschung für uns.«

»Ach, wirklich?«

»Was hast du mit dem Haus und der Einrichtung vor?«

»Ich werde es natürlich zuerst Ihnen anbieten.«

»Hab' ich's euch nicht gesagt«, sagte Isabel. Sie stand auf und kam zu mir ans Fenster.

»Du meinst«, sagte Otto langsam, »du bietest uns das Haus zum Kauf an?«

»Nun, das wäre doch nur korrekt, nicht wahr?«

Otto überlegte einen Augenblick. »Ja, wahrscheinlich.« Dann fügte er hinzu: »Leider bin ich nicht in der Lage, es zu kaufen.« Und dann sagte er: »O Gott!« und begann wie verrückt zu lachen.

Maggie saß da und lächelte. Sie schlug die Beine übereinander und zupfte das rote Kleid über den Knien zurecht. Plötzlich wurde mir klar, daß sie Theater spielte und sich auf unsere Kosten amüsierte. Sie meinte nichts von dem, was sie sagte. Ich platzte heraus: »Das meinst du nicht ernst, Maggie. Du mußt dich irgendwie auf zivilisierte Weise mit Otto arrangieren. Lydias Testament war verrückt und ungerecht, das weißt du.«

»Nicht verrückt. Ungerecht vielleicht. Aber das Leben ist ungerecht. Ich hab's jedenfalls immer so empfunden, Edmund.«

Ihre kühlen Worte, und daß sie mich mit meinem Namen ansprach, brachten mich aus der Fassung. Sie, ausgerechnet sie, konnte doch nicht herzlos sein? Sie war der Inbegriff der Güte. Fasziniert und zweifelnd starrte ich sie an, während sie uns alle mit einer Art zerstreuter Heiterkeit betrachtete. Sie kam mir vor wie ein junger General, der es mit ein paar begriffsstutzigen, älteren Unteroffizieren zu tun hat.

»Ach, wozu denn diskutieren mit ihr!« sagte Isabel. Sie ging zu einer Kommode und begann Berge weißer Nylonunterwäsche auf den Boden zu werfen.

»Was machst du?« fragte Otto.

»Ich packe.«

»Um Himmels willen«, sagte ich, »was ist das für ein Lärm?«

Ein seltsames Geräusch kam aus einem fernen Winkel des Hauses. Wir sahen einander an und horchten. Es war ein dumpfes Rumpeln, das sich im Näherkommen als das Poltern laufender Schritte und ein Gewirr von Stimmen erwies. Ein Schauder der Angst überlief mich, als künde das Geräusch den Ausbruch einer schrecklichen Revolution an. Und eine Sekunde schien es, als müßte der Lärm mit Maggie zu tun haben, mit der obskuren Auseinandersetzung, die wir soeben gehabt hatten, als müßten es ihre Anhänger sein, ihre Leute, die gekommen waren, um das Haus zu übernehmen. Isabel stieß einen erschrokkenen Schrei aus. Die Laufschritte kamen näher. Dann wurde die Tür aufgerissen, und Flora stürmte herein. Sie zerrte jemanden hinter sich her. Es war Elsa.

»Da sind sie, da sind sie alle!« schrie Flora. Sie stieß Elsa vorwärts.

Maggie war aufgesprungen und rückte näher zu mir. Isabel stolperte rückwärts in den Haufen Unterwäsche. Otto krümmte sich zusammen und hielt sich die Hände vors Gesicht. Er wirkte plötzlich geschrumpft, von Schmerz und Schreck geduckt. Elsa bewegte sich auf die Mitte des Raumes zu. Ihr metallisch glänzendes Haar fiel ihr in langen, glatten Strähnen auf die Schultern wie bei einer Statue, und sie trug ein langes, formloses Kleid, das aus einer anderen Epoche zu stammen schien. Sie sah aus, als wäre sie nun gänzlich wahnsinnig, das blasse Gesicht mit den weiten Nüstern war grinsend verzerrt. Die breite Stirn und die hohen Backenknochen glänzten wie geölt. Sie wirkte erschreckend und zutiefst erbarmungswürdig, wie ein zerbrechliches, knapp vor dem Tod aus dem Krankenhaus entflohenes Geschöpf.

Sie schien niemanden zu sehen außer Otto. Mit leiser, wimmernder Stimme sagte sie: »Nein, nein, du kannst nicht – Komm jetzt. Komm mit mir – bitte, bitte –« Es war wie die Klage eines Tieres.

Otto stöhnte und ging schwer in die Knie. Er breitete sich die Hände vors Gesicht, legte seinen Kopf hinein und ließ ihn zu Boden sinken.

»Raus hier, mach, daß du rauskommst –« Isabel stolperte halb über Otto und gab ihm einen kräftigen Tritt in die Rippen, so daß er zur Seite kippte. Sie ging auf Elsa zu und versuchte sie aus dem Zimmer zu führen. Elsa leistete Widerstand.

Flora begann mit hysterischer, hoher Stimme »Oh, oh, oh« zu kreischen. Isabel redete noch immer auf Elsa ein und versuchte sie halb zornig, halb verängstigt zum Gehen zu bringen. Elsa gab ihr einen heftigen Stoß und wich zurück, bis sie fast schon im Feuer stand. Sie begann die heißrote Glut mit den Füßen auf den Teppich zu stoßen. Isabel schrie. Es roch nach Verbranntem, und kleine Flammenzungen leckten Elsas hüpfende Beine hoch. Otto saß auf dem Boden, die Hand vorm Mund, er schien unfähig, sich zu rühren. Elsa versuchte ein Holzscheit aus dem Kamin zu zerren. Die Hitze im Raum war unerträglich, als wären wir im Inneren eines Hochofens, und das goldene Licht war überall. Ich krachte in Isabel hinein, die, immer noch schreiend, zurückwich, als ein brennendes Stück Holz über den Boden rollte. Ich stampfte mit aller Kraft auf den schwelenden Teppich. Flora schrie: »Ich hasse euch, ich hasse euch alle!« – Sie drehte sich um und rannte aus dem Zimmer. Maggie rief mir zu:»Laufen Sie ihr nach, sie könnte –« Und ich rannte hinter dem Mädchen her.

17 *Edmund im Märchenwald*

Flora rannte mit einem Satz die Treppe hinunter und aus dem Haus. Als ich die Haustür erreichte, sah ich sie gerade noch in dem feuchten, gelben Licht auf der anderen Seite des Rasens verschwinden. Es regnete noch immer. Sie schlug den Weg zum Bach ein. Ich rief ihr nach, aber die dicke, feuchtschwüle Luft dämpfte meine Stimme. Ich begann zu laufen.

Es war sehr finster im Wald, als wären Abend und Nacht bereits hereingebrochen, und ich lief in einen Schwall von warmer Luft hinein, die erfüllt schien von Flügelschlägen. Der Regen nahm den ganzen Wald in Beschlag, von oben trommelte es, unten rieselte und tropfte es. Floras Schritte vor mir waren schwer und doch weich. Ich war klitschnaß von meinem Lauf über den Rasen, und als ich nun rutschend den Weg entlangstolperte, den ich vor so kurzer Zeit mit einer, wie mir jetzt schien, um vieles jüngeren Flora entlangspaziert war, fragte ich mich, was ich eigentlich verfolgte. War ich überhaupt der Verfolger, oder war ich auf der Flucht? Ich rief ihr wieder nach, brach durch ein Dickicht von Bambusrohr und duckte mich atemlos unter den ersten Bogen der Kamelien.

Ich wollte mit dieser überstürzten Hetzjagd dem brutalen Chaos der Szene entfliehen, die ich hinter mir gelassen hatte. Und es war gewiß nicht das erste Mal, daß ich in blankem Entsetzen vor dem davonlief, was ich in diesem Haus sah. Aber ich rannte auch aus dem einfachen Bedürfnis, Flora einzuholen, um ihr eine Absolution abzuringen, die nur sie mir erteilen konnte; und mir war, als würde die Erteilung dieser Absolution auch sie wieder ganz und heil machen. Ich wollte sie einholen und uns beiden eine Art Unschuld zurückgeben, in ihr wieder das Kind finden, das ich gekannt hatte. Und davon abgesehen hatte ich auch wirkliche Angst, sie könnte sich in dem hysterischen Zustand, in dem sie war, tatsächlich in den schwarzen Teich stürzen.

Ein Kamelienzweig schlug mir scharf gegen die Stirn, genau über meinem wehen Auge, und der Schmerz war einen Augenblick so heftig, daß ich mich hinknien mußte. Die Schritte entfernten sich und hallten leise in den Gewölben des Waldes wider. Nach einer Weile richtete ich mich auf und ging vorsichtiger weiter. Die Erde war kaum naß, hart und nackt, als hätten die Füße vieler Tänzer sie festgestampft. Die Regentropfen klopften auf das Blätterdach, hie und da zeichnete sich in einem blaßovalen Lichtfleck ein Netz von spitzen Blättern ab. Ich trat hinaus auf die Lichtung beim Wasserfall.

Der dichte Regen war wie eine Wand und wölbte eine gelblich-grüne Kuppel über den Teich. Ich wischte mir die Tropfen aus den Augen. Der dunkle Wasserspiegel war aufgewühlt und zitterte. Das Rauschen des Wasserfalls vermischte sich mit dem Strömen des Regens. Ich konnte niemand sehen. Dann bemerkte ich einen blassen Fleck, der sich bewegte, und erkannte eine Gestalt auf halber Höhe der Böschung am jenseitigen Ufer.

Flora kletterte den steilen, wenn auch nicht gefährlich steilen Hang hinauf zur Schlucht, durch die der Bach sich zum Wasserfall ergoß. Auf einem Felsen schwankend, hielt sie sich mit einer Hand an einem Zweig über ihrem Kopf fest und schaute zurück. Ihr dünnes Kleid klebte an ihrem Körper, und sie sah aus wie ein nacktes Mädchen, eine verschwommene Gestalt in dem diesigen Licht, schimmernd und tropfend wie die Felsen über ihr, ein Waldgeist aus Licht und Wasser.

Ich rief ihren Namen, und sie antwortete etwas, was ich nicht verstand, und begann weiterzuklettern.

Ich folgte ihr, so weit ich konnte. Auf der einen Seite fielen die Felsen schroff zum Wasser ab, und Flora mußte unter dem Wasserfall durchgekrochen sein, um die Stelle zu erreichen, wo sie jetzt war. Ich erinnerte mich an den rutschigen Felsvorsprung hinter dem herabstürzenden Wasser. Die Gestalt des kletternden Mädchens verschwand zwischen den bedenklich schwachen jungen Bäumchen weiter oben. Ich duckte mich in das tosende Loch hinter dem Wasserfall und schlitterte mit quatschenden Schuhen in ein dunkles Dickicht von weichem Moos und Farnen. Es war sehr kalt. Das herabstürzende Wasser schlug mir heftig gegen eine Schulter, dann platschte ich auf der anderen Seite heraus.

Jetzt sah ich Flora direkt über mir, sie stieg gerade über einen jungen Baum, ihr weißer Rock war straff gespannt. Ein langes Bein baumelte für einen Augenblick in der Luft, dann kletterte sie weiter. Ein Lichtstrahl bohrte sich durch den Regen und warf einen schimmernden Dunstschleier über die Felsen. Das Mädchen sah aus wie von einem goldenen Zylinder umschlossen. Ich blickte hinauf zu der schwankenden Gestalt, plötzlich ganz benommen vom Irrsinn dieser Verfolgung, taub vom Tosen des Wasserfalls, frierend und erschöpft. Ich rief noch einmal. Dann kam mir der Gedanke, daß sie vielleicht zu der Straße hinaufkletterte, die oben vorbeiführte, und daß dort jemand auf sie warten könnte. Vielleicht ging sie zu einem letzten, skandalösen Rendezvous mit David Levkin. Ich begann zu klettern.

Ein Stein kam mit ziemlicher Wucht heruntergeflogen und verfehlte nur knapp meinen Kopf. Ein zweiter folgte. Ich preßte mich an den Felsen. Dann traf mich etwas scharf und schmerzhaft über dem Ohr. Ich trat den Rückzug an und bekam ein Geschoß voll in die Brust. Mein Gesicht mit den Händen schützend, rutschte ich zurück hinunter, bis ich wieder flachen Boden unter den Füßen hatte. Und jetzt vernahm ich Floras Stimme ganz deutlich über mir. Sie schrie: »Rhinozeros! Rhinozeros!« Ich wich einem weiteren Stein aus. Dann sah ich durch das glitzernde Blattwerk, wie sie mit einem letzten Satz auf den Weg oberhalb der Schlucht sprang. Es schien zwecklos, sie jetzt noch zu verfolgen. Die Steine hatten mich besiegt. Und irgendwie ging mir mit diesem Ruf »Rhinozeros« auch auf, daß sie in Sicherheit und frei war und ich vollkommen überflüssig. Es gab nichts, was ich für sie tun konnte, und nichts, was sie für mich tun würde.

Als ich mich umdrehte, sah ich über den Teich hinweg, auf dem Weg, den ich vor kurzem gekommen war, die Gestalt eines anderen Mädchens. Der Regen ließ nach, und das diesige, sonnige Licht wurde kräftiger. Wie ein Vorhang, der langsam zur Seite gezogen wird, verschwand die Regenwand, und auf dem schwarzen Teich nahm das Spiegelbild Maggies Gestalt an. Ich duckte mich in die Höhle und bekam die Wucht des stürzenden Wassers auf der anderen Schulter zu spüren.

Eine jähe, tiefe Erleichterung erfüllte mich beim Anblick Maggies, und zugleich wurde mir bewußt, daß ich so vollkommen erschöpft war, daß ich mich am liebsten auf den Boden hätte fallen lassen. Ich war klatschnaß und zitterte, und ein wilder Schmerz pochte in meinem Schädel. Übelkeit und Schwindel erfaßten mich. Ich wollte mich soeben am Rand des Teiches hinsetzen, aber Maggie hatte bereits den Rückweg angetreten und war schon unter den Kamelien. Stolpernd folge ich ihr in den Wald.

Von den Zweigen tropfte es mit einem hohlen Geräusch. »Ich konnte sie nicht einholen. Hoffentlich passiert ihr nichts.«

»Jetzt nicht mehr. Ich hatte nur Angst wegen dem Teich.«

»Ich auch. Aber ich glaube, sie konnte es da drin bloß nicht mehr aushalten. Wie ist die Lage jetzt?«

»Ich weiß nicht, ich konnte es auch nicht mehr aushalten. Ich bin Ihnen gleich gefolgt.«

Maggie ging nur wenige Schritte vor mir, sie schien über den dunklen, nackten Boden zu schweben. Ich sah ihre kaum bespritzten weißen Schuhe im Halbdunkel des Waldes aufblitzen. Es mußte auf den Abend zugehen. Es war ein langer Tag gewesen. Wir traten aus dem Kameliengehölz und kamen auf den überwucherten Weg neben dem Bach. Dornen und schweres, triefendes Gras legten sich mir um die Beine, ich kam kaum vorwärts und fiel vor Schwäche und Erschöpfung fast um. Mein Kopf schmerzte so sehr, daß ich kaum etwas sehen konnte, und ich klappperte vor Kälte.

»Ich habe meine Schuhe verloren.« Maggie, die über einen im Gras versteckten Ast gestolpert war, stand hilflos neben dem Weg, ihre Strümpfe waren schwarz vom Schlamm.

Es war finster im Unterholz. Wir tappten erfolglos herum, stöberten und stocherten im Gestrüpp, und die Brombeerranken und wilden Rosen zerkratzten uns die Haut. Jedesmal, wenn ich mich bückte, zuckten Blitze vor meinen Augen, und ich sah meine tastende, blutverschmierte Hand, als gehöre sie nicht zu mir. Nicht die geringste Spur von Maggies Schuhen. Sie mußten in irgendeinem dicken Grasbüschel stecken oder in ein Loch gefallen sein, das ein Tier sich am Bachufer gegraben hatte. Nach langer, mühseliger Suche richteten wir uns schließlich auf und sahen einander in dem Halbdunkel unter den hohen Birken an. Ich schwankte vor Schwäche und Müdigkeit.

Aber es war unmöglich, sie barfuß durch diesen dornigen Dschungel gehen zu lassen. »Ich werde dich wohl tragen müssen, wenn du nichts dagegen hast.« Es klang unwirsch genug.

»Ja, wahrscheinlich«, sagte sie irgendwie verschämt, und wir starrten einander verlegen an.

Als ich mich bückte, um sie aufzuheben, kamen mir echte Zweifel, ob ich sie überhaupt tragen konnte. Vor einem Augenblick noch war ich kaum fähig gewesen, mich selbst weiterzuschleppen. Mit einer Last auf den Armen durch dieses tropfende Dickicht von Unkraut zu stapfen, schien mir über meine Kräfte zu gehen, eine letzte, idiotische Prüfung, ein dummes, täppisches Ende dieses verrückten Tages. Fehlte nur noch, daß ich nach ein paar dahingestolperten Schritten mit ihr zusammen ins dichte Dornengestrüpp fiel.

Ich beugte mich hinunter, und sie schlang die Arme um meinen Hals und schien hinaufzufliegen. Sie roch nach Regen.

Es war eigentlich gar nicht so schwer, sie zu tragen. Kaum zu glauben, wie leicht sie war. Mein Kopf schien plötzlich nicht mehr zu schmerzen, und meine Knie schoben sich kraftvoll durch das zurückweichende Grün. Über unseren Köpfen wurde es heller. Eine große Wärme schien von ihrem Körper in meinen zu strömen. Und nach wenigen Augenblicken nahm ich nichts anderes mehr wahr als den Druck ihres schmalen Körpers an meiner Brust, ihren festen Arm um meinen Nakken und die warme Stelle, wo ich meine Hand unter ihre Knie geschoben hatte. Wir traten ins Freie, und vor uns breitete sich der Rasen aus.

Ich setzte sie ziemlich langsam ab. Ich wollte etwas sagen, irgend etwas. Ich begann: »Maggie –«

Sie unterbrach mich mit einem Wort, das ich kaum hörte. Erst viel später wurde mir klar, was sie gesagt hatte. Denn in diesem Augenblick sahen wir beide, daß eine große, gelbflammende Lohe aus dem Fenster von Isabels Zimmer schlug. Das Haus brannte.

Dritter Teil

18 *Elsas Ringe*

»Ist er immer noch da drinnen?«

»Ja.«

Otto öffnete eine weitere Flasche Champagner. Wir saßen schon sehr lange in diesem kleinen, weißen Wartezimmer im Krankenhaus. Der Korken knallte zur Decke und fiel auf den Boden zu den anderen. Otto setzte die Flasche mit zittriger Hand an, und der Flaschenhals schlug gegen den Rand des Glases. Der weiße, rauchige Schaum ergoß sich über seine bandagierte Hand. Er trank hastig und begann dann wieder in dem engen Raum auf und ab zu gehen, immerzu auf und ab. An der Mauer war ein Fleck, wo er jedesmal anstreifte, wenn er kehrtmachte. Elsa war tot.

»Ihr Kleid brannte so schnell«, sagte Otto. »Ich hab' sie natürlich sofort gepackt und versucht, das Feuer zu löschen. Aber sie war wie eine brennende Fackel.« Er sagte mir das schon zum zehnten, zum zwanzigsten Mal.

»Wäre ich nur nicht weggegangen –« Ich sagte das schon zum zehnten, zum zwanzigsten Mal.

»Sie wirbelte wie ein Derwisch durch den Raum. Es hätte nichts geändert.«

Wer weiß? Warum hatte Flora mich ausgerechnet in diesem Augenblick weggelockt wie ein Dämon? Hätte ich mich Flora gegenüber anders verhalten, wäre Elsa vielleicht nicht tot. Ich hatte ein Gefühl, als hätte ich sie umgebracht, als hätten wir alle sie umgebracht, und ich wußte, daß Otto genauso empfand.

»Sie kann nicht sehr gelitten haben, was denkst du? Vielleicht nur im ersten Augenblick. Aber dann kann sie nichts mehr gespürt haben. Sie war kaum bei Sinnen.« Das hatte er auch schon gesagt.

»Sie war kaum bei Sinnen. Als ich zurückkam, war sie bewußtlos. Und sie ist nicht wieder zu sich gekommen. Der Arzt hat gemeint –« Wir sagten dieselben Dinge, immerzu dieselben Dinge.

»Trotzdem hat es so lange gedauert«, sagte Otto. Seine Stimme war leise, klagend, traurig, ganz anders als sonst. »Vielleicht hat sie es doch gewußt. Vielleicht konnte sie noch denken, als alle glaubten, sie wäre bewußtlos. Vielleicht dachte sie an mich und wie ich sie behandelt habe –«

»Hör auf, Otto. Und hör auf zu trinken.« Otto hatte die ganze Zeit Champagner getrunken. Er hatte in geradezu grotesker Weise darauf beharrt, daß Champagner das einzige Getränk sei, von dem man trinken konnte, soviel man wollte. Ich konnte den Anblick der Flaschen kaum ertragen.

»Ich begreife nicht, wie ich das tun konnte«, sagte er, »sie einfach so verlassen. Ich hätte irgendwie mit der Sache fertig werden müssen. Ich hätte sie einfach lieben sollen und eine Möglichkeit suchen, sie weiterzulieben.« Ihr Tod hatte seine Liebe vollkommen gemacht. Er sah jetzt nur, wie sehr ein Mensch einen anderen nötig haben kann. Er sah jetzt, daß er sich viel mehr Mühe hätte geben können, um all seinen Verpflichtungen zu genügen. Und die schreckliche Kraft, die ihr Tod ihm verliehen hatte, wiegte ihn jetzt in dem Glauben, er hätte es schaffen können.

Ich setzte mich auf die Tischkante. Wir waren wie zwei Männer im Gefängnis. Es herrschte ein Klima der Ausweglosigkeit, als gäbe es keine Möglichkeiten mehr, nur das Hier und das Jetzt. Die ganze schreckliche Zeit ihrer Bewußtlosigkeit hindurch waren wir in dem kleinen Raum gewesen. Nun war es Zeit, zu gehen, aber wir konnten nicht. Ich konnte sehen, daß Otto zu keinem Entschluß fähig war. Und ich fürchtete mich davor, ihn von hier fortbringen zu müssen.

»Bist du sicher, daß er immer noch drin ist?«

»Ja, ich hätte ihn durch die Glastür gesehen. Willst du mit ihm reden?«

»Nein«, sagte Otto. Sein Gesicht war noch immer zu der Grimasse verzerrt, die ich darauf gesehen hatte, als ich aus dem Wald zurückgekehrt war. Die Maske hatte sich nur ein wenig gelockert. Er schleppte sich die Wand entlang an mir vorbei. »Sprich du mit ihm, Ed. Frag ihn, was jetzt geschehen soll mit – mit – o Gott.«

Wir waren alle auf eine andere Daseinsebene versetzt. Otto durchlebte eben qualvoll, was er für die Wirklichkeit seiner Beziehung zu Elsa hielt oder was sie, vielleicht, sogar war. Etwas Extremes, eine Wahrheit, zu erschreckend, um darüber nachzudenken, und zugleich so klar und einleuchtend, hatte sich wie ein monströser Höcker durch die Oberfläche unseres Lebens gebohrt. Und eine Folge davon war, daß jeder vom anderen isoliert war, als wären wir in verschiedene Zellen gesperrt. Otto und David hatten einander seit der Katastrophe mit einer Freundlichkeit, fast Zartheit behandelt, die angesichts des extremen Schmerzes auf beiden Seiten wie ein Wunder an Rücksichtnahme schien. Es herrschte ein gegenseitiger Respekt, der fast so etwas wie Liebe war, aber keiner konnte mit dem anderen reden. Jeder von uns hatte seine eigene Elsa. Sich ergeben unterordnend, hatte Otto Davids Recht anerkannt, als erster zu Elsa zu dürfen, ein Recht, das auf erschreckende und mitleiderregende Weise wie ein Besitzrecht wirkte. Papierkram war zu erledigen gewesen, dann die lange Zeit des Wartens, und jetzt –

»Ich rede mit ihm«, sagte ich. »Soll ich ihn fragen, ob er zurück – nach Hause kommen will?« Es klang seltsam.

»Ja«, sagte Otto. »Aber er wird nicht kommen.« Er hob den Kopf, und für einen Augenblick schien die Maske des Schmerzes abzufallen, und ein neuer Otto sah dahinter hervor, ein leeres, resigniertes, erloschenes Gesicht.

»Wir müssen uns um ihn kümmern.«

Otto schüttelte den Kopf. »Wir können nicht. *Wir* können das nicht.« Die Grimasse kehrte zurück. Er sagte: »Werden wir je wieder die alten sein, Ed?«

Ich wußte, was er meinte. Es ging nicht nur um das, was wir in jenen Augenblicken gehört und gesehen hatten: das brennende Zimmer, die schreienden Frauen, das versengte Fleisch. Wir hatten zuviel auf einmal erfahren, zuviel über Sterblichkeit und Zufall, zuviel über die Folgen unseres Tuns, zuviel über die wirkliche Beschaffenheit der Welt. Ich antwortete: »Ja, leider.«

Eine Gestalt ging rasch hinter der Glasscheibe der Wartezimmertür vorbei, und ich sprang auf. »Alles okay, Otto? Ich bin gleich zurück.«

»Ja, geh nur, geh.«

David war schon verschwunden. Ich eilte durch einen weißen Korridor und ein paar Stufen neben einem Liftschacht hinunter. Ich hörte schnelle Schritte vor mir. Ich begann zu laufen.

Ich kam in einen endlos langen Flur, der auf den überdachten Haupteingang zuführte. Der Junge war mir weit voraus, er rannte wie ein Hirsch. Er steuerte auf den Eingang zu, und weg war er. Ich lief schneller durch den leeren, sauberen, weißen Flur, schlüpfte zwischen den Pfeilern durch, und dann war ich draußen auf einer belebten Straße, an einem regnerischen Sommerabend. Er überquerte bereits die Straße. Ich sah, daß er einen Koffer bei sich hatte.

Nach so viel Einsamkeit, so vielen Stunden wie in einem Gefängnis, verwirrte mich die Nähe so vieler Gesichter. Ein leichter, milder Regen fiel. Ich fuhr mir fast ungläubig über die Stirn, übers Haar. In dem gelben, sonnigen Licht hoben sich die Häuser nah und leuchtend vom bleigrauen Himmel ab. Ich folgte David über die Straße.

Er rannte wieder. Obwohl er nicht zurückschaute, machte er

den Eindruck eines Verfolgten. An einer Kreuzung wurde ich vom Verkehr aufgehalten, und er gewann Vorsprung. Ich sah nur noch seinen Kopf, weit vorne zwischen vielen anderen, und der Gedanke, er könnte einfach verschwinden und keiner würde je wieder von ihm hören, erfüllte mich mit plötzlicher Angst. Ich flitzte vor einem Lastwagen über die Straße, begann am Rand des Gehsteigs entlangzulaufen und sprang zwischendurch auf die Fahrbahn, um dem langsamen Strom heimwärtsstrebender Menschen auszuweichen.

»David!«

Ich hatte ihn fast eingeholt, als er plötzlich in einen von Backsteinbauten umgrenzten Hof einbog, und ich sah, daß wir am Bahnhof waren. Hier waren weniger Menschen. Ich stürzte ihm nach und erwischte ihn am Arm.

»Ach, Sie sind das. Ich dachte, es wäre Otto.« Einen Augenblick sah er enttäuscht aus. Dann wandte er sich in Richtung Bahnhofshalle, und ich ging langsam neben ihm her.

»Sie hätten nicht so davonlaufen sollen. Sie wollen doch nicht fortfahren?«

»Doch.« Er studierte einen Fahrplan an der Wand. Dann ging er zum Fahrkartenschalter. Ich stand hilflos, fast schüchtern, hinter ihm. Auch er hatte ein neues Gesicht.

Er wandte sich mir wieder zu, freundlicher, und schien zu erwarten, daß ich ihn begleitete. »Bahnsteig drei. In zwanzig Minuten.«

Schweigend gingen wir über die Brücke. Er hatte so viel geweint, daß sein Profil völlig verändert war, Nase und Wangen waren geschwollen und glänzten. Auch sein Gesichtsausdruck war verändert. Das ganze Gesicht war irgendwie aus den Fugen, als wäre die innere Sprungfeder gebrochen, die ihm die fröhlichen kleinen Fältchen um die schmalen Augen gezeichnet hatte. Er sah nicht älter aus, er sah aus wie ein unglückliches Kind. Mir tat das Herz weh. Aber wie Otto spürte auch ich, daß man jetzt nicht an ihn herankonnte.

»David, ich möchte Sie jetzt nicht belästigen, aber ich muß. Otto hätte gerne gewußt – was geschehen soll. Oder haben Sie schon etwas veranlaßt?«

»Nein. Otto soll das bitte machen. Entschuldigen Sie, daß ich es Ihnen überlasse. Sie verstehen, ich konnte nicht –«

»Ja, ja. Das ist schon in Ordnung. Haben Sie irgendwelche besonderen Wünsche? Ein jüdisches Begräbnis –?«

»Ja.« Er schien ein wenig überrascht. »Natürlich. Wenn Sie zum Leiter der jüdischen Gemeinde gehen, der wird sich sicher um alles kümmern. Um alles.« Er wirkte verwirrt und schon weit weg. Ich sah, daß ihm wieder die Tränen kamen, und senkte den Blick. Ich konnte die Unnahbarkeit seines Schmerzes nicht ertragen.

»Und Sie?« sagte ich. »Wir hätten gerne gehabt, daß Sie wieder nach Hause kommen.«

Er stellte den Koffer ab und legte sich die Hände vors Gesicht, wie um es zu kühlen. Seine Finger strichen über die geschwollenen, entstellten Wangen.

»Sehr freundlich. Aber ich muß weg. Ich komme schon zurecht.«

»Seien Sie nicht traurig«, sagte ich idiotisch. Ich war selbst den Tränen nahe.

Er seufzte tief. »Ich habe immer gewußt, daß sie ein verlorenes Kind ist. Ich habe immer gewußt, eines Tages würde ich sie zurücklassen müssen.«

Die Feierlichkeit seiner Worte machte mir bewußt, daß er selbst ein Kind war. »Wohin fahren Sie, David? Zurück in den Süden zu Ihrer Familie? Sie dürfen nicht allein bleiben.«

»In den Süden?« Sein Blick war einen Augenblick verwirrt. »Nein, nein. Ich fahre nach Hause. In den richtigen Norden.« Er lächelte ein gequältes Lächeln und rieb sich die Augen.

Seine Worte verblüfften mich. »Wohin –?«

»Ich fahre zurück nach Leningrad.«

»*Zurück* –?« Ich starrte ihn an. »Aber ich dachte –«

»Sie dachten, ich wäre in Golders Green geboren, und mein Vater wäre ein - was war es doch gleich? - ein Pelzhändler. Nein. Das waren Lügen. Wir sind aus Leningrad, genau wie sie gesagt hat.«

»Sie meinen, es ist alles wahr, die ganze Geschichte?«

»Der Wald in der Nacht, und die Suchscheinwerfer, und die Hand meines Vaters - es ist alles wahr, jedes Wort, genau wie sie es gesagt hat.«

Ich starrte in sein heißes, tränenverschmiertes Gesicht. »Aber warum –?«

»Warum ich gelogen habe? Warum sollte ich allen, die fragten, die Wahrheit sagen, eine *solche* Wahrheit? Warum sollte ich eine solche Geschichte mit mir herumschleppen und vor der ganzen Welt als tragische Figur dastehen? Und es gab noch Schlimmeres, Schlimmeres, als sie erzählt hat. Ich wollte keine tragische Figur sein, kein Leidender. Ich wollte leicht sein, neu, frei –« Er sprach ungeduldig und gestikulierte dabei mit den Händen, als wolle er die dunklen Phantome einfangen, die ihn umdrängten.

Es war unmöglich, ihm nicht zu glauben. Und als mir klar wurde, daß er seinem Leidensschicksal doch nicht hatte entrinnen können, wurde mir die Bedeutung seiner Worte von vorher bewußt: »Leningrad? Aber David, überlegen Sie –«

»Ich möchte die Newa wiedersehen«, sagte er. »Ich möchte die Granitblöcke entlang der Kais berühren, den Turm der Admiralität in der Sonne leuchten sehen –«

»David, reden Sie doch keinen Unsinn. Sie können nicht dorthin zurück. Man könnte Sie ins Gefängnis stecken. Alles mögliche könnte passieren.«

Er breitete die Hände auf eine Weise aus, die ihn eindeutig als Juden zu erkennen gab. »Wer weiß? Ich glaube, mir würde nichts passieren. Ich glaube, sie würden mich in Ruhe lassen. Warum sollten sie nicht? Und ich nehme auch in Kauf, daß es anders kommen könnte. Aber selbst wenn es anders kommt?

Dort gehöre ich hin, und man muß dort leiden, wo man hingehört.«

»Sie sind ein einfältiger Kindskopf«, sagte ich. Ich wollte ihn beeindrucken, ihn aus seinen Phantastereien reißen. »Sie sind momentan in einer völlig zerrütteten Verfassung, nicht zurechnungsfähig. Sie wollen auch sterben. Sie dürfen jetzt einfach keine unwiderrufliche Entscheidung fällen. Sie müssen abwarten.«

Er schüttelte den Kopf. »Jetzt ist der Zeitpunkt, zu entscheiden, genau jetzt. Ist Ihnen nicht klar, daß wir *jetzt* die Wahrheit über uns selbst kennen? Eine Wahrheit, die verblassen wird.«

Es war genau das, was ich selbst vorhin auf Ottos Frage gesagt hatte. Es würde verblassen. Aber ich erwiderte ihm: »Bitte gehen Sie nicht.«

»Es ist der einzige Ort, wo ich *wirklich* bin. Dort sprechen sie die Sprache meines Herzens.«

»Sie könnten Ihnen das Herz brechen. Machen Sie sich keine romantischen Vorstellungen.«

»Ich bin jetzt im Zustand der Wahrheit. Und dies ist der Augenblick, der Wahrheit zu folgen, in welchen Wahnsinn sie auch führen mag.«

»Es wird ein sehr langer Wahnsinn sein, David.«

»Und wenn schon. Hier bin ich nutzlos. Sie werden das vielleicht nicht verstehen, aber nichts bedeutet mir etwas außerhalb Rußlands. Eure Sprache ist trocken, trocken in meinem Mund. Hier bin ich ein Niemand, hier würde ich zum Clown werden, zum Nichts, zum Spielzeug für irgend jemanden, wie ich vielleicht das Spielzeug Ihres Bruders geworden wäre, hätte er es gewollt. Ich würde lieber sterben als sinnlos leben.«

»Seien Sie doch nicht verrückt. Auch wenn Sie es so empfinden. Denken Sie doch einmal über die Freiheit nach. Sie sagten, Sie wollten frei sein, leicht, neu. Die Freiheit ist etwas absolut Unentbehrliches. Und was immer Sie sonst dort haben werden, *das* bestimmt nicht.« Ich sah auf die Uhr. Ich hatte noch zehn Minuten Zeit, um ihm meine Theorien darzulegen, zehn Minuten, um ihn zu überzeugen.

Die Andeutung eines Lächelns zuckte um die vollen Lippen in dem traurigen Gesicht. »Argumente richten nichts aus gegen das, was man tief im Herzen spürt. Nicht jeder kann das haben, die Freiheit, ohne daran zugrunde zu gehen. Sie ist nur eine Möglichkeit im Leben –«

»Idiot! Überlegen Sie, überlegen Sie! Was wollen Sie denn *tun* in Leningrad? Denken Sie doch nach! Was ist mit Ihrer Malerei? Sie sagten mir doch, daß –«

»Ich habe die Bilder verbrannt. Ich bin froh, daß Sie sie nicht gesehen haben. Ich habe kein Talent. Und es gibt Wichtigeres.«

»Das mag schon sein. Aber für *Sie –?* Die Frage ist nicht, welches Leben am besten ist, sondern welches Leben für *Sie* am besten ist. Sie *müssen* an Ihre eigenen Bedürfnisse denken, und das nicht nur um Ihrer selbst willen.« Wie sollte ich ihm *das* in zehn Minuten erklären?

»Ich habe keine Bedürfnisse. Nur die, von denen ich vorhin sprach. Wieder zu Hause zu sein. Der Dichter sagt: ›Rußland leuchtet in meinem Herzen.‹ Ich wollte nicht weg von dort. Man kann dem Leid der Welt nicht entrinnen.«

»Man muß ihm auch nicht nachlaufen. Erinnern Sie sich, was Sie mir über die zwei Arten von Juden erzählt haben –«

»Ich hab' nie wirklich dran geglaubt; nicht, was mich betrifft. Ich wußte, am Ende würde es mich erwischen, durch sie –«

»Haben Sie noch Familie da drüben?«

»Eine Schwester.«

»Ah, noch eine Schwester. Was macht sie?«

Er lächelte wieder das gequälte, langsame Lächeln. »Sie ist erfolgreich, sie ist Ingenieurin.«

»Verstehe. Vielleicht ist sie ja ihrem jüdischen Schicksal entronnen.«

»Vielleicht bin ich ihr jüdisches Schicksal.«

»Sie spielen mit dem Feuer.«

»Das liegt wohl in der Familie.«

Der grimmige Scherz ließ mich erschrocken erkennen, wie ernst es ihm war. Ich sah ihn vor mir, voll der Verzweiflung der sehr Jungen, der schönen Unbedingtheit, die zu lebenslangem Scheitern führen kann. »Gehen Sie nicht, David. Überlegen Sie es sich wenigstens eine Weile. Warten Sie einen oder zwei Monate ab, bevor Sie sich entscheiden. Geben Sie mir die Gelegenheit, noch einmal mit Ihnen zu reden. Besuchen Sie mich daheim, ruhen Sie sich aus und denken Sie über alles nach. Bitte, lassen Sie mich irgend etwas für Sie tun.«

Er starrte mich aus weit aufgerissenen, blutunterlaufenen Augen an. »Und was meinen Sie, sollte dabei herauskommen? Nein, nein. Es ist besser, das Falsche aus den richtigen Gründen zu tun, als das Richtige aus den falschen Gründen. Ach, Sie verstehen das nicht –«

Ich verstand es jedoch sehr gut. Ich hätte am liebsten die Hände gerungen über die heillose Verworrenheit des menschlichen Schicksals: über diese halbverstandenen Vorstellungen von Richtig und Falsch, die uns auf dunkle Wege treiben, von denen es keine Rückkehr gibt.

»Sie können sich die Fahrt nicht leisten«, sagte ich schroff.

Er lächelte, diesmal etwas weniger gequält, und es erinnerte mich an Otto, als die Maske von ihm abzufallen schien. »Doch. Ich habe das hier.«

Er wühlte in seiner Tasche und zog mit geschlossener Hand etwas heraus. Er drehte die Hand um, streckte sie mir entgegen und öffnete sie. Es lagen vier Diamantringe darauf.

Mit schmerzlichem Erschrecken erkannte ich sie. »Dieser Teil der Geschichte war also auch wahr.«

»Ich habe Ihnen doch gesagt, es war alles wahr. Mein Vater war ein vorsorglicher Mann. Und sie – sie hätte nichts dagegen –«

»Aber Ihr Vater vielleicht. Diese Ringe waren dazu bestimmt, Ihnen zur Flucht zu verhelfen, nicht zur Rückkehr.«

Er zuckte die Achseln. »Sie sind für unsere Zukunft bestimmt.«

Der Zug fuhr ein. David griff nach seinem Koffer. Mit einer letzten Willensanstrengung zog ich mein Notizbuch heraus und schrieb ihm meine Adresse auf. Ich steckte ihm den zusammengefalteten Zettel in die Brusttasche. »Da ist meine Adresse. Überlegen Sie sich's noch einmal. Melden Sie sich bei mir.«

Er wandte sich ab und öffnete die Tür zu einem Waggon.

»David, haben Sie irgendeine Nachricht – für sie?«

Er hielt inne. »Nein. Das Beste, was ich hoffen kann, ist, daß ich für sie bald so unwirklich sein werde wie sie für mich.«

»Sie wissen, daß das nicht das Beste ist.«

»Und *Sie* wissen, daß man nicht immer das Beste erreichen kann.«

Der gefaltete Zettel flatterte zwischen uns zu Boden.

Das Abfahrtssignal ertönte. Er stieg aufs Trittbrett. Dann legte er mir bedächtig die Hand auf die Schulter und küßte mich auf beide Wangen. »Leben Sie wohl, Lord Edmund.«

19 *Buchsbaumholz*

»Ich habe letzte Nacht geträumt«, sagte Otto, »daß ein riesiger Vogel im Haus war. Ich glaube, es war ein Falke –«

»Ein Geier«, sagte ich müde.

»Was? Na ja, wie auch immer, er folgte mir durch alle Räume und zog seine Flügel hinter sich her wie eine Schleppe, und ich hörte die ganze Zeit so ein schweres Schleifen und Rascheln dicht hinter mir. Ich lief zum Telefon, um Hilfe zu holen, aber die Wählscheibe war aus Karamel, also habe ich nicht gewählt, und dann hat dieser Vogel –«

»Otto, wir müssen uns wegen Lydias Grabstein entscheiden.«

Wir waren im Atelier. Otto saß auf der Werkbank, auf einem Fleck, den er sich zwischen dem Werkzeug freigemacht hatte, und aß sein Mittagessen. Er hatte sich gerade ein dickes Stück roher Karotte in den Mund gestopft. Als er eine Handvoll Petersilie nachschob, fielen zerkaute Karottenstückchen auf seine nackte Brust und blieben in dem lockigen Haarfilz liegen. Ich saß auf einem Block schwarzen irischen Kalksteins. Schwarzer Staub bedeckte den Boden rundherum. Otto hatte gearbeitet.

Er rieb sich sein großes, unrasiertes Kinn; es kratzte wie Sandpapier. »Ja. Ich habe nachgedacht. Schreiben wir doch einfach nur »Geliebte Frau von« und »Geliebte Mutter von«. Das Übliche. Meinst du nicht? Immerhin *war* sie unsere Mutter, und sie *war* die Frau unseres Vaters. Ich sehe nicht ein, warum sie was dagegen haben sollte.«

»Du hast recht. Hab' ich mir auch gedacht. Und, Otto –«

»Hmmm?«

»Bist du wirklich einverstanden mit Maggies Vorschlag? Wirst du nicht später einen Anfall kriegen?«

»Daß ich das Haus behalte und wir den Rest durch drei teilen? Ich habe nicht den geringsten Einwand. Klingt doch vernünftig, oder? Gott sei Dank hat die Versicherung das Geld für den Feuerschaden herausgerückt. Lydias Feuerlöscher haben gute Arbeit geleistet. Nur Isabels Zimmer ist total abzuschreiben.«

Ich starrte meinen Bruder mit leiser Überraschung an. Ich hatte damit gerechnet, daß er sich ein bißchen zieren, ein bißchen Theater machen würde. Aber Otto schien Maggies Großzügigkeit als selbstverständlich hinzunehmen.

»Es ist ja genug da«, sagte er in die beredte Stille hinein, die meine Verwunderung auslöste.

»Ja, ja, genug. Also dann, Otto –«

»Ja, ich weiß. Du willst weg. Ach übrigens, Maggie geht auch. Ab nach Italien. Die werden wir, glaube ich, nicht mehr wiedersehen. Kommt einem vor wie das Ende einer Epoche, findest du nicht?.«

»Wie wirst du zurechtkommen Otto, ohne – so ganz ohne jemanden?«

»Du weißt also schon, daß Isabel auch geht? War doch richtig von mir, daß ich sie nicht daran gehindert habe, oder? Ich hätte es nie von selber vorgeschlagen. Aber wir haben einander nur gequält. Ich habe das komische Gefühl, es hätte gar nicht besser kommen können, was diesen Teil der Geschichte anlangt. Solange ich zum Gemüsehändler gehen kann, komme ich schon zurecht. Und ich habe gerade gelernt, wie man gebackene Kartoffeln macht. Man braucht sie nur mitsamt der Schale –«

»Ich weiß, Otto. Ich habe schon oft Kartoffeln gebacken. Du schaffst das schon.«

»Und Isabel schafft's auch. Sie ist wunderbar, weißt du.«

»Ich weiß.«

»Du findest nicht, daß ich was dagegen hätte tun sollen, ihr zureden, daß sie bleibt?«

»Nein.«

»Ich habe mich – irgendwie so müde gefühlt – es war, wie wenn man etwas Schweres fallen läßt, losläßt. Sie loslassen ohne Haß, sie freigeben. Das schien mir jetzt einfach notwendig, absolut korrekt, und ich fühle mich ihr gegenüber jetzt viel besser. Weißt du, daß endlich das Richtige zu tun plötzlich ganz *leicht* ist?

»Könnte ich nicht sagen.«

»Vielleicht hat das was mit Verzweiflung zu tun. Erinnerst du dich, wie ich gesagt habe, ich möchte alles abstreifen, nackt und bloß sein? Jetzt ist es soweit. Ich vegetiere nur noch. Es gibt keine Hoffnung mehr, keine Angst mehr, ich lebe einfach in der Gegenwart. Mir ist nicht einmal nach Trinken zumute. Glaubst du, daß es so bleiben wird, glaubst du, daß ich mich wirklich geändert habe?«

»Ich weiß nicht, Otto.«

Er sah tatsächlich anders aus. Das große, schwammige Gesicht wirkte eingesunken, schlaff, als wären die Fäden der Qual durchtrennt. Ein leeres, seltsam heiteres Licht leuchtete dahinter hervor. Ich hatte das nicht erwartet: Ich hatte mit dramatischen Schmerzausbrüchen und heftigen Schuldgefühlen gerechnet. Ich hatte mit einer Art Zusammenbruch gerechnet. Aber seit er wieder zu Hause war, war Otto vollkommen ruhig. Er arbeitete regelmäßig, und er trank fast gar nicht. Er wich Gesprächen über Elsa nicht aus; es schien ihm eher möglich, an sie zu denken, als mir. Nicht, daß ihr Tod ihm nicht naheging oder daß er seinen Anteil an dieser Zerstörung nicht sah. Das Nachdenken hatte ihn, wie er sagte, an einen äußersten Punkt gebracht, für den Verzweiflung vielleicht nicht der richtige Name war. Er war über die Tröstungen eines schlechten Gewissens hinaus. Er war sogar über den einfachen Mechanismus der Reue hinaus. Die Erfahrung der Sterblichkeit hatte ihn gebrochen und zu einem einfachen Menschen gemacht. Ob er so bleiben würde, konnte ich nicht mit Sicherheit sagen. Aber in einer Weise, die ihn sehr überrascht hätte, beneidete ich ihn fast.

»Geh noch einmal zu Isabel, bevor du abreist, Ed. Sie mag dich sehr. Vielleicht kannst du ihr helfen. Sie ist im Hotel.«

»Ich weiß. Ich werde zu ihr gehen. Und dann komme ich zurück und packe meine Sachen.«

»Muß komisch für dich sein, jetzt nach Hause zu fahren, nicht? Wir alle verändert, und du immer noch derselbe. Aber du warst uns immer Meilen voraus, Meilen über uns. Manchmal habe ich mir gedacht, du wärst zum Geistlichen berufen, Ed. Wenn wir anders erzogen worden wären –«

»Nein. Du wärst zum Geistlichen berufen. Ich habe genug damit zu tun, die menschliche Ebene zu erreichen. Du bist der, der beobachtet.«

»Was heißt: der, der beobachtet?

»Vergiß es. Ich muß jetzt los.«

Otto legte die Zwiebel zur Seite, von der er gerade abgebissen hatte. Er wischte sich den Mund in dem langen, seidigen schwarzen Haar ab, das seinen Handrücken bedeckte. Er bürstete sich Karottenstückchen von der Brust auf seine abgetragene und ziemlich schmuddlig riechende Kordsamthose. Wie ein Gorilla stand er auf, und ich erhob mich ebenfalls, um Abschied zu nehmen.

Aus dem Augenwinkel nahm ich einen farbigen Schatten zu meiner Linken zwischen den hohen Steinen wahr. Flora stand dort, so still, daß sie einen Augenblick wie ein präraphaelitisches Mädchen aussah, ganz Geduld, ganz Betrachtung. Aber dann sah ich, daß es eine neue Flora war. Auch sie hatte sich verändert. Sie war elegant, wach, modern, ein rankes Windspiel. Als sie vortrat, zuckte ich zurück.

Sie stellte ihren Koffer ab, und ich scharrte nervös mit den Füßen in dem schwarzen Kalkstaub. Sie warf mir einen kurzen, harten Blick zu, dann wandte sie sich streng an Otto. Er wich ein wenig zurück und betrachtete sie mit offenhängendem Mund, eifrig und irgendwie rührend. »Flora –«

»Ich bleibe hier«, sagte sie mit hoher Stimme. »Ich werde mich um dich kümmern.« Sie sah aus wie Lydia, sie klang wie Lydia. Otto wand sich und schien zu schrumpfen wie ein Ballon, dem die Luft ausgeht; er setzte sich wieder auf seinen Tisch. Er lächelte dankbar und blöde. Ich wandte mich zum Gehen.

»Reist du ab, Onkel Edmund?«

»Ja, scheint so. Sieht ganz nach Abschiedsszene aus.« Ich lächelte ihnen beiden zu. Ich war sehr froh, daß sie zurückgekommen war.

Otto sah mich strahlend an. Er lächelte liebevoll, erschöpft, wie vielleicht ein Mensch im Anblick des Todes lächeln mag. Ich hatte noch nie so ein Lächeln gesehen. Flora sah mich mit dem strengen, überlegenen Blick der sehr Jungen an. Ich winkte ihnen beiden zum Abschied zu: »Also dann, lebt wohl.«

»Leb wohl, Ed. Übrigens, was ist aus diesen Buchsbaumblöcken von Vater geworden, die du gefunden hast? Ich denke, ich könnte sie vielleicht doch brauchen.«

»Sie sind oben. Ich lasse sie in meinem Zimmer. Ich freue mich, daß du sie haben willst. Sie haben sich gut erholt, weißt du, sind wieder ganz heil. Leb wohl, Flora. Ich hoffe, du hast mir vergeben.«

»Leb wohl.« Sie runzelte die Stirn und zog sich langsam den Mantel aus. »Geht's deinem Auge besser?«

»Ja, viel besser. Es sieht noch immer komisch aus, aber es tut nicht mehr weh.« Ich streckte die Hand aus, und sie nahm sie. Es war nicht gerade ein Händeschütteln. Es war mehr wie eine keusche Umarmung.

»Leb wohl, Ed. Und danke für alles. Mensch, bin ich ein Wrack.«

»Auch Risse im Leben heilen – wundersamerweise.«

»Meines ist von Natur aus rissig. *Ciao*, Ed.«

»*Ciao*, Otto.«

Ich ließ die beiden zurück und wischte mir mit einem Taschentuch Butter und Zwiebelsaft von der Hand.

20 *Isabels Aussichten*

»Weißt du, in Wirklichkeit war es, glaube ich, Otto, den David geliebt hat.«

»Vielleicht«, sagte ich.

»Auf jeden Fall hat er seine Angst vor Otto genossen – und das ist eine Art von Liebe, nicht?«

»Ja. Es gibt viele Arten von Liebe, Isabel.«

Sie packte ihre Sachen, und der Raum wurde immer kahler. Unter Bergen von leichten, flauschigen Kleidungsstücken, die Isabel mit raschen Bewegungen zu phantastisch kleinen, eckigen Päckchen zusammenlegte und in ihrem Koffer verstaute, kamen die schäbigen, schmucklos braunen Hotelmöbel hervor. Es war wie die Verwandlung eines Vogels, der sich mausert.

»Ich glaube, er wollte, daß Otto ihn schlägt.«

»Er hat dir nicht gesagt, wohin er geht?« fragte ich.

»Nein. In seinem Brief stand nur, daß er ins Ausland geht. Sicher nach Amerika. Oh, ich rechne nicht damit, ihn wiederzusehen, Edmund, wirklich nicht.« Sie seufzte.

Ich seufzte. Ich hatte beschlossen, Isabel nichts von meinem letzten Gespräch mit David zu sagen. Es war besser, zu schweigen und die tiefgründigen Zusammenhänge der Situation gänzlich im verborgenen zu lassen. Das Einfache war besser als das Verwirrende. Ich setzte mich auf das bereits abgezogene Bett. Unsere Stimmen begannen in dem leeren Raum zu hallen. Wie uns doch allen der Verputz abgekratzt worden war: Otto, Isabel, David – auch mir.

»Amerika. Ja. Und du, wirst du zurechtkommen, Isabel? Ich meine, wenn du Geld brauchst, wird Otto natürlich –«

»Oh, ich habe ein bißchen eigenes Geld, mach dir keine Sorgen. Du bist doch nicht schockiert über mich, Edmund, oder?«

»Schockiert? Liebe Isabel! Natürlich nicht! Ich mache mir nur Sorgen –«

»Ja, ich weiß. Aber ich dachte, du wärst vielleicht auch schokkiert, du bist so ein ernster, aufrechter Mensch. Ich weiß, wie zuwider es dir gewesen sein muß, Otto und mich so dahinwursteln zu sehen. Du denkst doch nicht, daß *das* alles noch schlimmer macht?«

»Isabel, du machst mich sprachlos. Wie soll ich das beurteilen? Ich möchte nur, daß ihr beide glücklich seid, und das wart ihr vorher offensichtlich nicht. Ich denke, sie ist – unvermeidlich, diese Trennung, nicht?«

Sie wandte sich mir zu, und ich bemerkte, wie anders sie jetzt aussah. Ihr kleines, eifriges, rundes Gesicht wirkte voller und jugendlicher, gesammelt und ausgeglichen, frei von Angst. Ein warmes Leuchten lag darauf, wie Licht, das durch Alabaster schimmert, und ihr Blick hatte etwas von dieser seltsamen, fast heiteren Leere, die ich in Ottos Augen gesehen hatte. Nur daß die neue Isabel nicht gebrochen, sondern in sich geschlossener, menschlicher, vollständiger wirkte. Sie war nicht der Typ, der durchdrehte und den Verstand verlor.

Sie sagte: »Ja. Ich habe wohl schon vor langem gewußt, daß ich mit Otto fertig bin. Ich war mit ihm fertig, als er mich zu schlagen begann. Gewalt ist etwas Schreckliches, und es bleibt einem letzten Endes nichts anderes übrig, als ihr aus dem Weg zu gehen. Ich wollte es nur nicht sehen. Er tat mir leid, aber auf eine verkehrte Weise.«

»Verkehrt?«

»Ja. Es war kein wirkliches Mitgefühl, es war nur ein fanatisches Gefühl der Bindung, und eigentlich hat nicht er mir leid getan, ich habe mir selbst leid getan.«

»Tut er dir jetzt leid?«

»Ich weiß nicht. Ich kann jetzt nicht an ihn denken. Ich werde später an ihn denken, dann wird es besser sein. Ich bin froh, daß Flora zurückgekommen ist. Mit Flora wird er zurechtkommen. Er kam auch mit Lydia zurecht, bis ich aufkreuzte. Flora wird ihn im Zaum halten.«

»Willst du sie nicht sehen, bevor du gehst?«

»Nein. Es gibt Augenblicke, in denen es besser ist, die Dinge einfach fallenzulassen. Wir würden einander nur verletzen, wenn ich jetzt zu ihr ginge. Nimm doch einen Apfel, Edmund. Ich habe extra für dich ein paar Cox Orange gekauft.«

»Nein, danke.« Ich setzte mich wieder aufs Bett und betrachtete sie erstaunt. Sie war auf geheimnisvolle, überwältigende Weise ganz von sich selbst erfüllt. Ich erkannte, daß sie früher nur zur Hälfte dagewesen war. Jetzt war sie ganz. Die Sonne, die von einem tiefblauen Himmel schien, schickte einen langen Strahl durchs Fenster, der ihr heiteres Gesicht und ihr Haar aufleuchten ließ, als sie sich über den Koffer beugte. Millionen goldener Punkte umtanzten sie.

»Du siehst glücklich aus«, sagte ich fast vorwurfsvoll.

»Nein, nur wirklich. Ich kann sehen. Und darum kannst du mich sehen.«

»Konntest du vorher nicht sehen?«

»Nein. Ich lebte mit einem schwarzen Schleier um den Kopf. Komm her, schau mal aus dem Fenster.«

Ich ging zu ihr, und zusammen blickten wir hinaus in einen Hof. Die Erde war dunkel, fast kohlschwarz, da und dort ein Fleck sattgrünen Unkrauts. Zwei Autos waren unten geparkt. Unter einem kam eine Tigerkatze hervor, lehnte sich an eine rote Ziegelmauer und rieb sich daran.

»Siehst du die Katze?«

»Ja, natürlich.«

»Ich hätte sie bis vor kurzem überhaupt nicht bemerkt. Jetzt existiert sie, sie ist dort drüben, und während sie dort drüben ist, bin ich hier, ich sehe sie einfach nur und lasse es dabei bewenden. Erinnerst du dich an die Passage aus dem *Alten Seefahrer,* wo er die Wasserschlangen sieht? ›O glücklich jedes lebende Geschöpf, kein Mund vermag es, solche Schönheit zu beschreiben!‹ So ist es, wenn man plötzlich fähig ist, die Welt zu sehen und zu lieben, von sich selbst frei zu sein –«

Ich verstand sie. »Ja. Ich freue mich über die Katze. Aber wohin wirst du jetzt gehen, Isabel?«

»Zurück nach Hause, nach Schottland, zu meinem Vater. Er ist noch quicklebendig, und er hat Otto nie leiden können, einer wird sich also bestimmt freuen. Ich glaube, ich werde wieder meinen Mädchennamen annehmen.«

»Wie ist der?«

»Learmont.«

»Ein guter Name. Hast du gewußt, daß es der Familienname des russischen Dichters Lermontov war? Seine Vorfahren kamen aus Schottland –«

»Ich weiß, und er wurde mit achtundzwanzig in einem Duell getötet. Du hast mir das alles schon erzählt, als wir uns zum ersten Mal begegneten, bevor ich Otto heiratete. Mit genau denselben Worten. Erinnerst du dich nicht?«

Ich erinnerte mich nicht. Ich konnte die Erinnerung an dieses Gespräch mit der fernen jungen Isabel nicht aus den Tiefen der Zeit heraufholen. Traurig und verwirrt sah ich sie an. »Nein. Komisch, daß ich das schon einmal gesagt und ganz vergessen haben soll. Gibt einem das Gefühl, daß der Mensch doch weiter nichts ist als eine Maschine.«

»Ich habe mich nie weniger wie eine Maschine gefühlt. Ich erinnere mich sehr gut an dieses Gespräch. Ich habe in letzter Zeit ziemlich oft daran gedacht. Hilfst du mir bitte mit dem Koffer?«

Ich drückte auf den Koffer, und mein Ärmel berührte ihren nackten Arm. Sie roch nach gepflegt duftender, animalischer Wärme. Der Koffer schnappte zu. Der kleine, braune Raum war jetzt kahl, unpersönlich, schien darauf zu warten, daß wir gingen.

»Was wirst du da oben in Schottland tun? Wirst du dir eine Arbeit suchen?«

»Na ja, ich – setz dich doch bitte, Edmund, du sperrst das ganze Licht aus, wenn du stehst. Wie heiß es hier ist – fast Mittelmeerwetter. Und zieh deine langen Beine ein. Ich muß dir etwas sagen, etwas ganz Wunderbares.«

»Was?«

»Ich bin schwanger.«

Sie trat in den Sonnenstrahl, und der goldene Staub schien sich über ihr Gesicht und ihr Haar zu legen. Sie lächelte mir durch einen vergoldeten Nebel zu. Verwirrt und erstaunt starrte ich sie an, ich wußte noch nicht, was ich davon halten sollte. »David?«

»Ja, natürlich. Ist das nicht herrlich?« Sie lachte ein Lachen der reinen Freude.

»Oh, Isabel – wenn du glücklich bist, bin ich es auch, sehr glücklich. Weiß David es – oder Otto –?«

»Nein, ich sage es niemandem außer dir. Das geht wirklich nur mich etwas an.«

»Bist du sicher –?«

»Ja. Jetzt habe ich endlich eine Zukunft, ich besitze eine Zukunft, sie ist *hier.* Mein Leben hat nie wirklich mir gehört. Jetzt werde ich unabhängig sein, *wir* werden unabhängig sein.«

»Ein Kind«, sagte ich. »Wie seltsam. Das läßt alles anders aussehen. Ein halbjüdisches Kind.«

»Ein halbschottisches Kind.«

»Ein halbrussisches Kind. Ein Lermontov. Oh, Isabel, ich freue mich so.«

»Mein Kind. Wie Flora es nie war. Er wird mir gehören, ganz und gar mir.«

Etwas beunruhigte mich. »Ja aber, er wird, weißt du – vor allem, wenn es ein Junge wird –«

»Eine männliche Hand brauchen? Ja, ich weiß. Edmund – du würdest mich wohl nicht heiraten wollen, oder? Ich habe dich immer sehr gern gehabt. Schon seit dem Learmont-Gespräch.«

»Tut mir leid – ich kann nicht – ich bin wirklich sehr gerührt, sehr dankbar – aber – ja also, es gibt da eine andere.«

»Eine andere. Du bist ein komischer, undurchschaubarer Kerl, Edmund. Schon gut, schon gut, du brauchst nicht gleich rot zu werden, obwohl ich sagen muß, daß es dir sehr gut steht im Verein mit den Resten dieses blauen Auges; sieht aus wie Rotweinspritzer. Und mach dir keine Sorgen um mich, und fang um Himmels willen nicht an, dich zu entschuldigen.«

»Es tut mir so leid, Isabel. Aber du weißt, ich werde immer dasein, wenn du mich brauchst, du und der junge Lermontov.«

»Ich weiß. Onkel Edmund – *in loco parentis.* Und so weiter und so fort.«

»Und so weiter und so fort. Leb wohl, meine liebe Isabel.«

21 *Rom*

Die Küche war verlassen, war von einer beunruhigend endgültigen Verlassenheit. Die Uhr war stehengeblieben. Der Herd war aus. Die Anrichte war leer. Alles war weggeräumt, die Schränke geschlossen und versperrt. Die heiße Sonne brannte durch die halb zugezogenen William-Morris-Vorhänge und ließ sie wie Buntglas leuchten. Der Raum war sauber geschrubbt, nackt, verwaist, wie ein Raum, der einen neuen Mieter erwartet. Die Leere erschreckte mich. Leise und rasch ging ich durch und trat in die Diele. Hier kam keine Sonne herein, das Treppenhaus erhob sich dunkel und düster, es roch immer noch nach Feuer. Ich lauschte in die Stille hinein.

Dann lief ich die Treppe hoch. Auf dem Treppenabsatz lagen noch verkohlte Reste von Möbeln aus Isabels Zimmer. Ich zögerte. Ich kam mir vor wie ein Verfolgter, der sich nur an einen Ort flüchten konnte. Ich rannte die zweite Treppe zu dem Dachzimmer hinauf, wo das italienische Mädchen immer gewohnt hatte. Ich klopfte an die Tür und trat geblendet in das sonnendurchflutete Zimmer.

Ich war so erleichtert darüber, sie noch vorzufinden, daß mir war, als wäre eine Schnur in mir durchtrennt worden, und ich stolperte fast. Ein geschlossener Koffer lag auf einem gut verschnürten Schrankkoffer. Das kleine, weiße Zimmer mit der Rosentapete war leer und sauber. Nur die große, wohlvertraute Landkarte von Italien hing noch an der Wand, wo Carlotta sie vor vielen, vielen Jahren hingehängt hatte. Langsam trat ich ein.

Sie stand am Fenster, ein Schattenriß im Sonnenlicht. »Entschuldige, daß ich so hereinplatze. Ich dachte einen Augenblick, du wärst schon fort.«

Sie sagte nichts, aber sie machte eine kleine Bewegung. Der schimmernde Lichtstreifen, in dem die Staubkörnchen tanzten, war wie eine Schranke zwischen uns. Unzusammenhängend begann ich von vorn. »Entschuldige –«

»Sie sind gekommen, um sich zu verabschieden? Das ist nett von Ihnen.« Ihre Stimme klang trocken, ein wenig rostig, akzentlos, eine heimatlose, beunruhigende Stimme.

Ich wollte sie deutlicher sehen und trat zurück in den Schatten. Der Sonnenstreifen fiel ihr über die Brust, und darüber sah ich das blasse, knochige Gesicht mit den großen Augen, die glatte Kappe schimmernden schwarzen Haares. Es war ein altes Gesicht, ein neues Gesicht, ein Knabe von Tizian, das Mädchen meiner Kindertage.

»Ja, also, ich –« Ich kam mir vor wie ein Mann in einem fremden Land, einem schrecklichen Richtspruch unterworfen. Ich konnte nur starren und demütig bitten.

»Wie Sie sehen, gehe ich auch, wenn auch noch nicht gleich. Sie fahren mit dem Nachmittagszug? Da haben Sie nicht mehr viel Zeit.« Die Stimme war ruhig, fast grausam, aber die Augen schienen immer größer zu werden.

»Nein, ich meine, ich weiß nicht – darf ich –?« Ich sah mich verzweifelt um. Auf dem Fensterbrett stand eine Schale mit Äpfeln. »Darf ich mir einen nehmen?«

Sie reichte mir schweigend die Schale. Ich nahm den Apfel, aber ich hätte ihn nicht essen können. Ich wäre daran erstickt. Verlegen rieb ich ihn an meiner Weste.

»Du fährst – nach Hause?«

»Ich gehe zurück nach Italien, ja. Und Sie fahren auch nach Hause?«

»Ja.«

»Ich wünsche Ihnen eine gute Reise.«

Ich schwieg, ich konnte sie nicht mehr ansehen, es war zu grausam. Gleich darauf hatte ich das Gefühl, ich sollte einfach sagen: »Also dann, leb wohl« und sie für immer da in der Sonne stehen lassen. Ich kam mir vor wie die klägliche Maschine, als die ich mich vor kurzem bezeichnet hatte. Ein altes Verhaltensmuster, das zu stark für mich war, trieb mich fort. Zurück an die alten, einsamen Orte. Ich steckte den Apfel ein.

Ihr Baumwollkleid war blau, mit einem weißen Muster, ein einfaches, schlichtes Kleid. Benommen ließ ich meinen Blick vom Ausschnitt bis zum Saum wandern, starrte auf das Muster. »Ja, also, ich wollte nur –« Ich hob den Blick zu ihrem Gesicht. Es war leer und gnadenlos wie das eines Scharfrichters. »Ich wollte nur sehen, ob ich etwas –«

»Ob Sie etwas für mich tun können? Nein, danke.«

»Ach hör doch auf, Maggie!«

»Womit soll ich aufhören?«

Eine Art kalte Verzweiflung durchzuckte mich bei der Wiederholung der Worte, ich kam mir so nutzlos vor. Ich fühlte mich kraftlos, schwerelos, gelähmt wie in einem Traum.

»Entschuldige, ich bin sehr dumm«, murmelte ich. »Ich muß müde sein. Ich lasse dich jetzt packen. Ich muß wohl diesen Zug erreichen.« Das alte Muster ergriff wieder Besitz von mir, trieb mich an wie ein dummes Vieh, kläglich trottete ich zur Tür.

Ungeschickt stolperte ich über etwas, das mitten auf dem Boden stand. Es war ein Paar weißer Schuhe. Entschuldigungen brummelnd beugte ich mich hinunter, um sie wieder ordentlich hinzustellen, dann richtete ich mich langsam mit einem Schuh in der Hand auf. Wie ein Mann in einem Märchen, dem ein verschlüsseltes Zeichen gegeben wird, klammerte ich mich mit jäher, blinder Aufmerksamkeit an den Schuh, noch ohne zu begreifen, was er mir sagte.

Langsam sagte ich: »Sind das nicht die Schuhe, die du im Wald verloren hast? Du hast sie also doch wieder gefunden?«

Sie stürzte sich auf mich, riß mir den Schuh fast aus der Hand und schleuderte ihn aufs Bett. Es war wie eine Attacke. »Ich habe sie nicht gefunden, ich hatte sie nie verloren.«

Der Schock über ihre jähe Bewegung und ihre plötzliche Nähe ließ mich den Sinn ihrer Worte nicht gleich begreifen. »Was heißt das, du hast sie nie verloren?«

»Ich habe sie nie verloren. Sie waren in meiner Tasche. Und jetzt leb wohl, Edmund. Es ist Zeit für den Zug. Leb wohl, leb wohl –«

Ich hob den Schuh wieder auf. Ich ließ mich schwer aufs Bett fallen. »Ich fahre nicht«, sagte ich.

Es folgte ein langes, jedoch ganz anderes Schweigen. Das Zimmer drehte sich wie ein Kaleidoskop und kam wieder zum Stillstand, größer, abgeschlossen, sicher. Ich sagte: »Maria.«

Es war das Wort, welches das italienische Mädchen ausgesprochen hatte, als wir an jenem Tag, der nun schon so weit zurückzuliegen schien, gemeinsam aus dem Wald getreten waren. Ein Zauberwort, das mir zur späteren Verwendung gegeben worden war. Jetzt war meine Zunge gelöst, ich konnte es aussprechen.

Sie kam herüber und setzte sich ans andere Ende des Bettes, und wir starrten einander an. Ich konnte mich nicht erinnern, daß ich je zuvor jemanden so angesehen hatte: wenn man nur aus Schauen besteht und das andere Gesicht ganz ins eigene hineingesogen wird. Ich war mir auch eines körperlichen Gefühls bewußt, für das Begehren eine unzulängliche Bezeichnung wäre, es hatte eher etwas mit Zeit zu tun, mit dem Gefühl, daß die Gegenwart unendlich sei.

Sie lächelte nicht, aber die strenge Maske war abgefallen, einer Art reuiger, erleichterter Erschöpfung gewichen. Sie sah plötzlich entspannt und sehr müde aus, wie jemand, der eine weite Reise hinter sich hat und angekommen ist.

»Ich war nicht sehr geschickt mit dir, was?« sagte sie.

Ihre Worte bewegten und berührten mich so sehr, daß ich

hätte aufstöhnen mögen. Aber ich sagte nur ruhig: »Auf jeden Fall bist du vorhin sehr schroff mit mir gewesen. Hättest du mich wirklich gehen lassen?«

Sie sah mich einen Augenblick fest an, dann schüttelte sie den Kopf.

Ich drückte mein Gesicht an ihren Schuh. Zuerst überkam mich die Dankbarkeit wie ein körperlicher Schmerz, doch dann durchströmte auch mich eine entspannte Müdigkeit, die eine reine Freude war.

Sie fuhr fort. »Irgendwie konnte ich nicht mit dir reden, und doch wußte ich, daß es ganz leicht sein würde, wenn ich erst einmal den Anfang gemacht hätte. Aber dann war ich ungewollt immer wieder ungeschickt und abweisend, und das hat dich auch ungeschickt gemacht.« Sie sagte es im Ton einer einfachen Erklärung.

Ich antwortete im gleichen Ton: »Ich weiß. Ich glaube, ich war sehr dumm. Aber ich wäre nicht gegangen.«

»Vielleicht doch. Du kannst es immer noch tun. Ich wollte nur, daß wir einander einen Augenblick lang wirklich wahrnehmen.«

»Das tun wir zweifellos.« Ich verspürte ein ruhiges, beseligendes Gefühl der Kraft, das zugleich eine tiefe Demut war. Ich fühlte mich wie befreit und zu allem fähig. Jetzt konnte ich wie ein Mensch handeln, denken, wünschen, sprechen. Ich umklammerte den Schuh in meiner Hand. Ich hätte mich am liebsten niedergekniet. Aber ich sagte kühl: »Warum hast du dich dazu entschlossen, uns das Testament finden zu lassen?«

»Ich mußte dich irgendwie auf mich aufmerksam machen.«

Ich senkte den Kopf. »Ich bin ein grober Klotz.« Es stimmte. Das Geld hatte zweifellos meine Aufmerksamkeit erregt. Aber natürlich war da schon immer etwas gewesen. Oder nicht?

»Dann habe ich es fast aufgegeben. Ihretwegen.«

»Wegen Lydia?«

»Wegen Elsa.«

Die beiden Namen standen wie Schatten im Raum, als hätten wir aufgeblickt und festgestellt, daß wir neben einem großen Turm standen. Ich sagte: »Du meinst, als Elsa starb, war's mit den Schlichen vorbei?«

»Ja. Aber vielleicht haben wir dadurch letztlich einfach zu uns selbst gefunden. Wir sind alle für einen Augenblick gestorben, aber was danach kam, hatte mehr Gewißheit.«

Es kam mir seltsam vor, daß sie das sagte. Wir waren wirklich nur für kurze Zeit Trauernde, wie alle Menschen. Aber was war mit Lydia? Ich wollte schon darauf zu sprechen kommen, aber dann hielt ich mich zurück. Das würde später kommen, viel später. Weshalb war ich so sicher, daß es soviel Zukunft gab? Ich sagte: »Ich denke, Otto ist für mehr als nur einen Augenblick gestorben.«

Ich dachte an Ottos verrücktes, zerstörtes Gesicht. Und dann begriff ich plötzlich, daß ich selbst an einer Wegscheide stand. Es war noch nicht zu spät. Flora hatte mein Leben ein verkrüppeltes Leben genannt. War das die Wahrheit? Sollte ich jetzt nicht aufspringen und aus dem Zimmer laufen, bevor ich endgültig und auf verhängnisvolle Weise in mein eigenes Leben eingriff? Ich spürte eine große Kraft in mir, aber noch war sie gebändigt. Dieses dunkle Gespräch voller Andeutungen konnte ebenso abrupt beendet werden, wie es begonnen hatte. Ich konnte immer noch die Treppe hinunter und aus dem Haus gehen. Sollte ich nicht besser zu meiner Einsamkeit und meinem einfachen Leben zurückkehren und mich darum bemühen, mit Geduld das zu erreichen, was Otto vielleicht in einem flammenden Moment zugeflogen war? Otto und ich hatten in gewisser Weise die Plätze getauscht, als unsere Wege sich kreuzten, und jetzt war ich es, der die Rolle des Narren hatte. Worin lag der Wert meines ständigen Grübelns, was hatte es gebracht? Ich hatte keinerlei Macht gehabt, anderen in ihrem Unglück zu helfen, ich hatte nur mein eigenes entdeckt. Ich hatte geglaubt, über das Leben hinausgewachsen zu sein, aber nun schien mir, daß ich ihm bloß ausgewichen war. Ich war über nichts hinausgewachsen; ich war ein falscher Heiliger, ein Mensch voller Ängste.

Es dauerte nur eine Sekunde, daß ich sie als Versucherin sah. Im nächsten Augenblick war ihr Gesicht das Gesicht des Glücks, etwas, was ich kaum je gesehen und vor langem zu suchen aufgehört hatte. Und noch während ich begriff, daß sie mein Glück war, begriff ich, daß sie auch mein Unglück war. Ich erinnerte mich an Davids Worte, daß man dort leiden muß, wo man hingehört. Welche Freude, welches Leid mir auch aus dem hier erwachsen würde, es würde echt sein und mir gehören, ich würde mein eigenes Leben leben und mein eigenes Leid leiden. Hier war der einzige Mensch auf der Welt, für den ich ganz ich sein konnte, und ich hatte ihn gefunden. Und das brachte mich natürlich auf den Gedanken an Lydia und an Lydias Geheimnis, das ich nun in gewisser Weise erbte, und ich wußte, daß ich irgendwann in der Zukunft aus dem Mund des italienischen Mädchens die wahre Totenrede auf Lydia hören würde.

Ich rieb mir die Augen. Ich wollte noch nicht so viele Gedanken haben. Ich wollte eine Weile, vielleicht zum ersten Mal, unkompliziert und einfach sein, mich ohne jedes Für und Wider auf einen anderen Menschen einlassen. Ich sah sie jetzt, ein Mädchen, eine Fremde, und doch der vertrauteste Mensch auf der Welt: mein italienisches Mädchen, und zugleich auch die erste Frau, fremd wie Eva für den benommenen, erwachenden Adam. Sie war da, ein eigenes, eigenständiges Wesen, wie die Katze, die Isabel mir aus dem Fenster gezeigt hatte. Die fliehende Frau floh nicht mehr, sie hatte sich zu mir umgewandt.

»Es ist komisch«, sagte ich, »ich kenne dich kaum. Trotzdem habe ich jetzt zum ersten Mal das Gefühl, daß es eine Verbindung gibt zwischen meiner Vergangenheit und meiner Zukunft. Warst du *damals* wirklich da, warst das wirklich du?«

Nun lächelte sie doch und strich sich das kurze Haar, an das sie sich noch nicht gewöhnt hatte, aus dem Gesicht. »Du warst so hübsch, Edmund, als du siebzehn warst.«

Ich gab so etwas wie ein Stöhnen von mir. »Aber jetzt, wie bin ich jetzt?« Ich wußte kaum mehr, wie ich aussah. Ich hatte kein Bild von mir selbst. Auch das würde ich lernen müssen.

»*Si vedrà. Non aver paura.*«

Die italienischen Worte läuteten gewissermaßen eine Verwandlung ein. Ich spürte plötzlich die Hitze im Raum, fühlte die Sonne auf meiner Haut: in der Sonne leben, im Freien lieben. Ich sagte: »Du gehst nach Italien?«

»Ja – nach Rom.«

Ich holte tief Luft. Ich zitterte auf einmal heftig. »Darf ich dich mit dem Auto hinbringen?«

Ihre Antwort war ein Nicken, ein Seufzen. Zugleich legte sie den Finger an die Lippen.

Ich verstand. Ich sah auf ihre Hände. Sie waren immer noch so fern wie Sterne. Ich hielt mich zurück. Es würde eine Zeit kommen.

Ich nahm den Apfel aus der Tasche und begann ihn zu essen. »Ich werde jetzt packen gehen«, sagte ich. »Dann können wir über die Einzelheiten reden. Italienisches Wetter haben wir ja schon.«

Als ich zur Tür ging, blieb ich neben der Karte von Italien stehen. Ja, die Reiseroute, auch darüber würden wir reden müssen. Ich fuhr mit dem Finger die Via Aurelia entlang. Genua, Pisa, Livorno, Grosseto, Civitavecchia, Rom.

Jonathan Coe

Allein mit Shirley

Roman. Aus dem Englischen von Dirk van Gunsteren. 565 Seiten. SP 2464

»Seien Sie vor meiner Familie gewarnt«, sagte der alte Mortimer Winshaw. »Sofern Sie es noch nicht gemerkt haben: Es ist die gemeinste, gierigste, grausamste Bande von berechnenden, niederträchtigen Schurken, die je das Angesicht der Erde beschmutzt haben.« Ausgerechnet der verträumte Jungschriftsteller Michael Owen erhält den Auftrag, die Biographie dieses ehrenwerten Clans zu verfassen.
Die Winshaws sind die exemplarischen Sieger der Gesellschaft: Hilary, die erfolgssüchtige Klatschkolumnistin; Roddy, der gerissene Kunsthändler; Henry, der Labour-Politiker, der im rechten Moment das Lager wechselt; Dorothy, die unerbittliche Regentin über ein Fast-food-Imperium. Im heißen Sommer 1990 beginnt der junge Schriftsteller Michael Owen seine Auftragsarbeit an der offiziellen Biographie des Winshaw-Clans. Je näher er der wahren Geschichte seiner skrupellosen Hauptdarsteller kommt, desto mehr entdeckt er erstaunliche Parallelen zu seinem eigenen Leben. Jonathan Coe hat mit seinem perfekt komponierten Roman ein bissiges, rasantes, sehr englisches »Fegefeuer der Eitelkeiten« entfacht.

»Die Ära Thatcher als Gruselkabinett! Sex und Crime, soweit das Auge des Lesers reicht, aber auch ein atemberaubend virtuoses Jonglierspiel mit sämtlichen Traditionen angelsächsischer Erzählkunst.«
Süddeutsche Zeitung

»Ein großer Wurf: intelligent, witzig und wichtig.«
Time Literary Supplement

Ein Hauch von Liebe

Roman. Aus dem Englischen von Annette Grube. 183 Seiten. SP 2433

Ted und Robin, Studienfreunde in Oxford, lieben Katharine. Selbst Teds Heirat mit Katharine konnte dem subtilen Dreiecksverhältnis nichts anhaben. Doch Jahre der Trennung haben sie einander entfremdet: Ted ist geschäftlich erfolgreich, während Robin seit Jahren vor den Bruchstükken seiner Dissertation sitzt. Erst durch einen Zufall gerät sein Leben wieder in Bewegung.